Martina Fuga

DICIOTTO

Romanzo

SALANI EDITORE

ISBN 978-88-310-1895-1

Per essere informato sulle novità
del Gruppo editoriale Mauri Spagnol visita:
www.illibraio.it

Gruppo editoriale Mauri Spagnol, Milano
www.salani.it

A Cesare, Giulia
e a tutti i 'siblings'
perché si sentano liberi
di vivere la propria vita.

Non sapere dove andare
è una buona premessa
per arrivare dappertutto.

Tre ciotole, Michela Murgia

DICIOTTO

Un viaggio fuori programma.
Un viaggio sbagliando strada.
Un viaggio bucando gomme.
Un viaggio cambiando rotta.
Un viaggio senza mappa né bussola.
Un viaggio lungo strade non asfaltate.
Un viaggio di paesaggi inattesi.
Un viaggio lungo diciotto anni.

1
Il regalo per te

Lo ripeto ad alta voce, come si ripetono le cose a cui non riesci a credere completamente: «Diciotto anni». Ascolto il suono di queste due semplici parole, per dar loro una consistenza. Lo ripeto di nuovo: «Emma compie diciotto anni».

Il giorno è arrivato.

Lo scandisco ancora, e ancora, e sento arrivare da lontano uno tsunami di emozioni.

Sono settimane che scorro le foto di famiglia e ripercorro questi diciotto anni insieme. Duecentosedici mesi. Seimilacinquecentosettantaquattro giorni.

La paura, la gioia, la rabbia, la speranza, il dolore, la fiducia. Sotto la pelle sento ancora tutto, il mio corpo non ha dimenticato niente.

Rivedo momenti e riti di passaggio immortalati dalla fotocamera e dallo smartphone come se accadessero proprio ora sotto i miei occhi.

Rivedo i selfie che ti sei scattata, i video nelle bozze del tuo profilo TikTok.

Rivedo i nostri viaggi e le vacanze.

Rivedo i tuoi compleanni e i primi giorni di scuola.

Sento l'eco delle cose che ci siamo dette, come se risuonassero qui e adesso.

Sono i ricordi più vividi che ho, quelli che ti riguardano, perché ho vissuto tutto con i sensi esposti e la carne viva. Non ho mai dato niente per scontato e ho accolto ogni istante come un tesoro prezioso, qualcosa da sigillare in parole, da fermare in immagini, da rivivere nella memoria.

I diciotto anni sono un giro di boa, è vero, ma forse più per noi genitori che per i figli... Più che mai mi trovo a fare i conti con la madre che sono stata e con le aspettative che ho avuto. Mi guardo intorno e mi chiedo se finalmente posso riposare un po'. Mi dico che dovrei sentirmi libera di lasciarti spiccare il volo e di seguirti da lontano. Ma ci riesco?

Mi preparo a questo momento da diciotto anni, ho sempre saputo di doverci arrivare pronta, che non sarebbe stato facile, che la tentazione o persino la necessità di tenerti ancora qui vicina a me sarebbe stata irresistibile, e che la paura mi avrebbe pietrificato in ogni prima volta, ma poi anche la seconda volta e la terza, perché per te la seconda e la terza volta è come se fossero sempre una prima volta.

Sono davvero disposta a lasciarti andare, a darti la fiducia che giustamente reclami? Sarò capace di non guardare l'app di tracciamento a ogni tuo spostamento in autonomia? Saprò godermi lo spettacolo di una giovane donna che va incontro alla sua vita adulta?

«Che regalo vorresti?» ho chiesto ripetutamente, e tu mi hai risposto: «Stupiscimi!» Perché sei una che ama le sorprese. Tu sei quella che non chiede mai 'cose', ma vita. Sei quella che al compleanno lascia i pacchetti da scartare sul tavolo perché preferisce godersi la festa, non ti interessano i regali, ma il dono del tempo, della presenza, della partecipazione.

È con questi pensieri in testa che ho preparato il tuo regalo. L'idea mi è venuta proprio sfogliando le nostre foto, mentre cercavo di mettere insieme una collezione di ricordi degna di questa data tanto importante. Le ho cercate ovunque: negli album, negli hard disk, nei vecchi computer, nei cellulari. Dall'avvento del digitale, tenerle in ordine è una battaglia persa. Quando tu e i tuoi fratelli eravate piccoli, periodicamente sceglievo le più belle, realizzavo degli album fotografici, li impaginavo con cura e li facevo stampare per noi e per i nonni, ogni tanto li sfogliavamo insieme, poi è diventato impossibile gestire i giga di ricordi che accumuliamo senza controllo e disperdiamo tra device e cloud.

È facendo questo viaggio a ritroso nel tempo e ascoltando l'eco delle emozioni di allora con la consapevolezza di oggi che ho avuto l'ispirazione e capito quale sarebbe stato il regalo giusto per te.

2
La capsula del tempo

È un anno che immagini il tuo diciottesimo. Abbiamo parlato tanto di questo evento, tre anni fa l'ha festeggiato tua sorella Giulia, con tutti i suoi amici, le sue amiche e i suoi compagni di scuola, a mezzanotte l'avevamo raggiunta anche noi per vederla soffiare le candeline. Hai voluto la stessa location, una sala riservata in un hotel del centro, messa a disposizione da uno dei nostri amici di una vita, con un bel terrazzo dove col buio avremmo potuto accendere le lanterne e cercare la luna che dovrebbe essere piena. Hai pianificato in anticipo ogni dettaglio, come una vera organizzatrice di eventi. Hai voluto scegliere il menù, mica avrebbero potuto mancare i popcorn di pollo e i mini hamburger, hai deciso che la torta sarebbe stata una meringata con le fragole e i lamponi, hai assegnato i vari compiti a chi dovrà darti una mano, hai pure già convocato la fotografa. Alla scritta sulla torta ci ho pensato io: #tunonpuoicapire, che è la tua frase per eccellenza! A questo compleanno hai invitato chiunque tu abbia incontrato negli ultimi dodici mesi: se ti avessero preso tutti sul serio avremmo dovuto affittare San Siro, e forse qualcuno sarebbe comunque rimasto fuori.

Ora eccoci qui, emozionati e impazienti che arrivino tutti. Sei su di giri come non ti ho vista mai, con il tuo abito di paillettes verde pastello scintillante, i capelli boccolosi e senza un filo di trucco. Hai come sempre le idee chiare: il trucco no, nemmeno in un'occasione come questa.

Hai scelto di festeggiare la sera prima, perché domani tua sorella ha il concerto dei Måneskin a Londra, e mica si può fare festa senza di lei. Abbiamo deciso di aspettare la mezzanotte insieme e di organizzare il tuo diciottesimo compleanno a cavallo tra il 7 e l'8 maggio. In fondo, sei nata proprio nelle prime ore della notte, tutto torna dunque.

Ci arriveremo tutti insieme a questo traguardo, come insieme abbiamo percorso ogni singolo passo da quando sei nata.

Decido di darti il mio regalo prima che inizi la festa, prima che arrivino gli invitati, manca ancora un'ora ma è già tutto pronto, siamo in anticipo come sempre e questi ultimi minuti sembrano non passare mai. Ti chiedo di raggiungermi in terrazza e ci sediamo nel gazebo, ci prendiamo il nostro momento, tu mi guardi con l'aria di chi sa già perfettamente cosa sta per succedere.

«E dai, mamma, hai già gli occhi lucidi» mi prendi in giro.

«Non ho gli occhi lucidi, sono solo felice, Emma».

«Anche io sono felice. Apro?»

«Scarta, scarta!»

Cominci impetuosa a strappare la carta e subito ti accorgi che dentro c'è una scatola di quelle marroni, senza loghi o scritte.

«È uno scherzo?»

«No, non è uno scherzo, dai apri…»

Lo fai, sbirci e la richiudi subito. Mi guardi imbarazzata, hai capito di che tipo di regalo si tratta, o forse di che cosa *non* si tratta. Non è una borsetta, un gioiello, un telefono nuovo.

Togli il coperchio e me lo consegni.

Prendi in mano gli oggetti uno a uno come tesori preziosi, ne intuisci la provenienza, sorridi, ma poi cerchi nel mio sguardo una spiegazione. C'è un cappellino bianco: è quello che indossavi quando siamo uscite dall'ospedale. C'è un telefonino: il mio di allora, dove conservo i messaggi che ci siamo scambiati io e papà la notte in cui sei nata. C'è il body con la scritta 'SuperGirl', un amuleto. C'è un libro dal titolo *Emma, attaccabrighe*: uno dei tuoi preferiti, direi profetico. Ci sono i tuoi primi occhialini: una parte di te. C'è una collana arcobaleno: quella del pride in cui capitammo per caso. E poi ci sono una scatola di acquerelli quasi finita, il braccialetto della finale di Champions League, dei biglietti aerei, una chiavetta USB e molto altro…

È una time capsule che contiene ricordi della tua

vita, ti aiuteranno a ricostruirla, pezzi della tua nascita e della tua crescita che ti consegno insieme a parole e racconti, per completare il puzzle della tua storia.

Scavi nella scatola e ti accorgi che ci sono anche delle buste.

Le prendi in mano.

Sono una diversa dall'altra, per colore e dimensioni.

Diciotto lettere, una per ognuno dei tuoi diciotto anni.

Diciotto storie che ho messo da parte per te.

Diciotto frammenti di memoria di cui mi sono presa cura per consegnarteli come un tesoro prezioso in questo giorno.

3
La strada panoramica

Il tuo viso tondo è incorniciato da un cappellino bianco di cotone a costine, una manina semi-chiusa su una guancia e l'altra a pugnetto sul mento. Hai gli occhi chiusi e le guanciotte piene, il sonno soddisfatto di chi ha appena avuto una generosa poppata. Le sopracciglia perfette, il nasino piccolo, due pieghette sotto gli occhi e un sorriso appena accennato. Le maniche della tutina di ciniglia rosa sbucano da sotto le lenzuola della carrozzina. Appena sopra la tua testa, si intravede un lembo del cuscino ricamato di rosa e di azzurro. È il tuo primo viaggio nel mondo: dall'ospedale a casa.

Era un giorno di maggio quello in cui sei nata, e il terrazzo della nostra casa era in piena fioritura. La piccola Giulia e io ti aspettavamo lì, al sole, giocando, chiacchierando e immaginando. Aspettavamo un segnale da te, lo aspettavamo da giorni perché i dottori ci avevano detto che avevi una gran fretta di nascere e ogni giorno poteva essere quello giusto.

Hai scelto l'8, la festa della mamma. Ho sempre

pensato che fosse un grande privilegio diventare mamma proprio in quella data, e che non sia stato affatto un caso. Sei venuta al mondo alle due e un quarto, nel silenzio di un ospedale che di solito è molto affollato e rumoroso, quella notte invece sei arrivata solo tu. Non è stata una notte facile, però, perché abbiamo scoperto che avevi la sindrome di Down. Bastò l'ingresso della ginecologa nella sala parto dopo poche ore dalla tua nascita e quella domanda inaspettata: «Come vi sembra la vostra bambina?» per interrompere la magia di quel momento e metterci di fronte a una realtà nuova. Come ci dovevi sembrare? Eri bella, paffuta, profumavi di buono e non c'era null'altro da dire per noi. Ma la dottoressa qualcosa da dire ce l'aveva eccome.

Mentre un bambino cresce dentro la pancia della mamma, i genitori si fanno un sacco di idee: immaginano il viso del figlio, ipotizzano nomi, preparano camerette, comprano vestitini e fantasticano su chi sarà lo sconosciuto o la sconosciuta che sta per arrivare. Di solito non è mai come te lo aspetti, e così è stato anche per te. Nel tuo caso, molto di più.

Ero spaventata, Emma, lo eravamo tutti perché non sapevamo nulla del pianeta ignoto in cui eravamo capitati, come se avessimo preso un aereo per Londra e fossimo atterrati su Marte. Dovevamo imparare tutto da capo. Non che fare i genitori di per sé sia semplice, o che una volta imparato con il primo figlio poi con il successivo sia tutto in discesa, anzi, ogni bambino è meravigliosamente diverso dagli altri e si ricomincia sempre da zero. Però, in generale, ci si illude di sapere come si fa, pensiamo che esistano le regole del bravo genitore e che basti seguirle per crescere figli perfetti e felici. Si fantastica sul futuro di quel bambino: diventerà un grande medico che salverà migliaia di vite, o una scienziata che scoprirà il vaccino per la prossima pandemia, o una scrittrice da premio Pulitzer, un cantante che riempirà gli stadi, un'astronauta, un campione di basket, una ballerina della Scala. O, nella migliore delle ipotesi, semplicemente un uomo o una donna felice che ha trovato il suo posto nel mondo. In realtà non sappiamo nulla di quella creatura, del carattere che avrà, di cosa le piacerà e cosa detesterà, se amerà la matematica o la letteratura, se preferirà le lasagne o il sushi, se il suo colore preferito sarà il viola, l'azzurro, il verde. Forse lo vestiremo per mesi, o addirittura per anni, di un colore che odia, fin quando da adolescente, o forse prima, scoprirà i suoi gusti e lotterà per difenderli. Sarà introverso o estroverso, amerà lo sport all'aria aperta o preferirà stare in casa e costruire villaggi con i mattoncini Lego o dipingere con le tempere, oppure tutte le cose insieme. Quello che è certo è che non dipenderà da noi: ogni bambino o bambina è un grande mistero e della sua verità non sappiamo nulla alla nascita. Ci affanniamo a educarlo, a crescerlo, a indicargli una via, a dirgli sempre quello che è meglio o giusto per lui o per lei, spesso dimenticando di ascoltarlo, di capire chi c'è dietro quel corpicino che cresce: cosa desidera, cosa sogna, di cosa ha paura, chi vuole essere. Lo facciamo con immenso amore, è ovvio, lo facciamo perché non conosciamo altro modo di amare. Ingombrante e inadeguato. Improvvisiamo, disfiamo e aggiustiamo, impariamo il mestiere di genitori facendolo, e non lo impariamo mai una volta per tutte, perché quello che abbiamo appreso con un figlio non vale per l'altro, e quando abbiamo appena iniziato a capire qualcosa è già ora di fare i nonni, che è ancora un'altra cosa. Se abbiamo questa fortuna, ce la godremo molto.

Nel tuo caso, Emma, è stato tutto diverso. Tu eri un libro bianco interamente da scrivere, il nostro immaginario è stato resettato di colpo, non sapevamo più nulla di quello che fino a un minuto prima credevamo di sapere, non avevamo aspettative né sogni definibili. Con una vita tutta da scrivere è stato paradossalmente più facile stare in ascolto del mistero dell'esistenza e guardare con meraviglia al percorso di un neonato che non aveva più tappe programmate e mete chiare da raggiungere secondo schermi prestabiliti. Abbiamo concentrato le nostre preoccupazioni sulla tua salute. Quando si dice 'l'importante è che sia sano'. Quello che abbiamo scoperto in fretta è che eri stata molto fortunata, stavi bene, non avevi nessuna delle patologie che vengono spesso associate alla sindrome di Down, ti rivoltarono come un calzino nei primi giorni e tutti i controlli risultarono negativi. Quando penso a quella frase oggi mi fa accapponare la pelle e realizzo che le persone non hanno più avuto il coraggio di pronunciarla ad alta voce in mia presenza, come se fosse una mancanza di rispetto nei tuoi e nei nostri confronti. A volte la dico io per prima per toglierli di impiccio e per avere l'occasione di dire che la sindrome non è una malattia e che si può avere una disabilità ma essere sani come era capitato a te.

La notte in cui sei nata, papà e io ci siamo scambiati decine di messaggi. Lui era a casa con tua sorella e il resto della famiglia che ci aveva raggiunto a Milano per il lieto evento. Nessuno dei due riusciva a dormire, storditi da quella notizia inattesa, così abbiamo parlato per tutta la notte di te, di quella bimba che aveva solo qualche ora di vita e già aveva stravolto tutte le regole del gioco. I messaggi di quella notte sono ancora conservati nel telefonino che hai trovato nella time capsule. Li ho riletti spesso negli anni, mi faceva bene al cuore, erano così spiazzanti eppure pieni di coraggio e di fiducia.

'Dormi? Io non riesco'.

'Ho dormito qualche ora'.

'Emma ha fatto il diavolo a quattro stanotte, volevano tenerla in culla termica, ma ha gridato come un'aquila e me l'hanno portata in camera... facciamo subito vedere chi siamo! Ora è qui con me! Tu come stai?'

'Meglio... mi scoppia la testa!'

'Anche a me! Giulia?'

‘Ha dormito con me, era agitata anche lei’.

‘Dalle tanti baci da parte mia. Dille che la amo tanto e che mi manca. Pensi di portarla in piscina dopo l’asilo?’

‘Che dici? Forse i nonni sarebbero felici di averla con loro, ma meglio non sconvolgere i piani…’

‘Hai ragione, credo che di confusione ne abbia abbastanza, meglio proseguire coi ritmi di sempre…’

‘Tu come stai?’

‘Ieri sera quando sono rimasta sola ho avuto un momento di sconforto. Ero triste e pensavo a tutto quello che le mancherà e che non potrà fare, mai però ho pensato che mancherà qualcosa a noi’.

‘Non le mancherà niente…’

‘La prenderanno in giro…’

‘Non glielo permetteremo, saremo lì a proteggerla!’

‘Si farà degli amici?’

‘Certo che avrà degli amici, sarà estroversa e piena di amici come Giulia…’

‘Ora che è qui accanto a me mi sento una roccia, una mamma felice e fortunata. Sono sicura che sarà una bimba felice, sana, forte, amata, rispettata e avrà una vita come tutti i bimbi meritano! Tu sarai il papà meraviglioso che sei per Giulia e lei non potrà desiderare di meglio. Vi amo!’

Quella notte abbiamo chiuso in un cassetto l’idea che ci eravamo fatti di te e ci siamo aperti all’incontro con nostra figlia, quella reale. Non c’è stato più un momento in cui i nostri pensieri e le nostre emozioni siano state così nitidi e liberi da sovrastrutture e conoscenze. In quel momento della sindrome non sapevamo nulla, c'eravamo solo noi, il nostro amore per te e la forza della vita che ci veniva incontro e che ci faceva dire 'noi ce la faremo', 'noi la proteggeremo', 'noi spaccheremo il mondo per lei' con il coraggio, la sicurezza e anche la spavalderia di chi non ha ancora consapevolezza della strada che dovrà percorrere, della burocrazia che dovrà affrontare, dei percorsi terapeutici utili, delle barriere culturali di cui era pieno il mondo che avremmo affrontato, inconsapevoli anche dei nostri stessi pregiudizi e delle basse aspettative che per primi avremmo avuto. Eravamo ingenui forse, carichi delle energie positive che una nuova vita sempre genera, da lì in poi è iniziato un viaggio fatto di letture, ricerche, specialisti, storie di vita che ci potevano aiutare ad affrontare quella nuova avventura, ci siamo immersi in un universo di informazioni che da una parte ci hanno messo paura, dall'altra ci hanno dato concretezza e prospettiva su come sostenere quella bambina al meglio che potevamo, per offrirle tutti gli strumenti possibili.

Torno spesso a quella notte quando sento che sto perdendo la bussola, perché è lì che ritrovo la rotta, nell'essenza delle nostre emozioni, nello smarrimento dell'ignoto, nelle promesse che ci siamo fatti, nella fiducia incondizionata verso la vita. È lì che torno quando mi affanno perché la vita non è tutta sotto controllo, quando mi sembra che nulla funzioni, quando mi accanisco in qualche battaglia giusta ma sfinente, quando mi perdo nella cura invece che nell'amore puro e accogliente.

Mi sono serviti molto i giorni in cui sono rimasta in ospedale con te prima delle dimissioni. Mi sono serviti ad ascoltare le mie paure, il mio disorientamento. Ma anche la mia gioia, perché quando infilavo il naso nelle pieghe del tuo collo, io mi sentivo grata; quando dormivi sul mio petto e i tuoi capelli mi facevano il solletico sul mento, io ero felice. Ero mamma di nuovo e non c'è nulla di potente quanto avere un neonato tra le braccia.

La mia compagna di stanza fu dimessa qualche giorno prima di me e io ebbi il privilegio di un tempo da sola con te. Non ricordo più il suo volto, ma ricordo bene la sua presenza, i pianti che ho ingoiato per non farli davanti a lei, non per orgoglio, ma per non rovinarle il momento di festa che ogni nascita dovrebbe essere sempre. Ricordo che mi chiedevo 'se ne sarà accorta?', non l'ho mai saputo, non parlammo mai della sindrome, non ci scambiammo nemmeno il numero di telefono, non ci incontrammo ai controlli post nascita, eppure è stata testimone dei tuoi primi giorni di vita.

Il giorno in cui siamo uscite dall'ospedale è stato durissimo. Finché siamo state lì mi sentivo al sicuro, fuori iniziava la vita vera, dovevo affrontare il mondo, proteggerti da tutto e da tutti e imparare a farti da mamma. Ti ho vestito con la tutina più bella che avevo, rosa scuro con delle farfalle ricamate, sento ancora nei polpastrelli la morbidezza della ciniglia. In testa il cappellino bianco che ti aveva fatto la nonna Silvia, tre anni prima ne avevo comprato uno simile per Giulia rosa fucsia e lei aveva preso il modello e lo aveva replicato con le sue mani d'oro, di un altro colore. Nella carrozzina ho messo le lenzuola ricamate che erano state di papà. Tu eri pronta, io no.

Oggi vorrei tanto poter tornare indietro per abbracciare la me di diciotto anni fa e rassicurarla. Le direi di non avere paura, le direi di fare un passo alla volta e di godersi l'avventura giorno dopo giorno, un passo dietro l'altro. Le direi che la sua bambina la sorprenderà, che andrà a scuola, lavorerà, si innamorerà, come tutti. Ammetterei che sì a volte sarà difficile, che a volte si sentirà in colpa, che le si stringerà il cuore a vederla fare fatica, che spesso si arrabbierà, ma le direi che arriveranno giorni di cuore pieno e autentica felicità, anche se oggi le sembra impossibile.

È iniziato così il nostro viaggio, abbiamo imboccato la strada panoramica invece dell'autostrada, con una macchina non sempre comoda e qualche sterrato lungo il tragitto.

4
Gli occhi sperduti

Siamo a Gardaland, è sera, ti tengo in braccio, sei abbandonata sulla mia spalla, addormentata. Hai appena due mesi. Intorno a noi, il buio. Ti appoggio una mano sulla schiena, protettiva. Sorrido, ma ho gli occhi sperduti. Forse anche stanchi, gli occhi di una mamma che dorme poco dopo l'arrivo di un neonato. Ma non solo: sono gli occhi di una mamma che ha tanta paura e non sa che futuro attende la sua bambina e la sua famiglia.

Tra tutte le foto che ho scelto per il tuo regalo, questa parla indubbiamente più di me che di te.

Avevo organizzato una gita per Giulia. Erano stati mesi difficili, disorientanti, e papà e io ci sentivamo in colpa verso tua sorella. Volevamo fare qualcosa per lei, dedicarle una giornata di svago dopo mesi di visite mediche, di consulti specialistici, di parole sommesse, di ricerca di informazioni, di letture ossessive. Due giorni a Gardaland tra giostre, babydance e incontri con la mascotte Prezzemolo era quello che ci voleva: un posto per noi quattro, da soli, per ritrovarci e forse anche stringerci, rassicurarci a vicenda senza dire troppe parole, un semplice stare insieme in uno spazio leggero, colorato.

Il mio sguardo di allora non è quello di oggi, Emma, in questi diciotto anni è cambiato tutto. Quando a poche ore dalla tua nascita la dottoressa ci ha detto che avevi la sindrome di Down, papà ti teneva tra le braccia. Ce lo disse con un tono neutro, gentile, le sue parole risuonarono quasi semplici nel silenzio di quell'ospedale silenzioso. Come se avesse detto: 'Mi spiace ma ha gli occhi marroni, non ha preso quelli verdi del nonno, come desideravate'. Per noi fu un colpo invece, ma con il senno di poi ho capito che cosa ci ha salvato in quel momento: avevamo in braccio te, nostra figlia, non una diagnosi.

Quando mi sono alzata per andare dalla sala parto alla mia stanza, sono svenuta. Un calo di pressione? O semplicemente una reazione allo shock? Mi sono risvegliata a gambe all'aria con i medici e papà intorno, non sapevo dov'ero e cosa fosse successo. Ma sono bastati pochi istanti per risintonizzarmi sulla realtà. Tutto vero: mia figlia era nata e aveva la sindrome di Down.

Nel giro di qualche giorno sono sprofondata: paura, angoscia, senso di colpa. Ciò che non conosci ti spaventa, ciò che non controlli ti disorienta. Arrivarono all'improvviso una serie di domande a cui non sapevo dare risposta e mi sentivo inghiottita in un vortice senza fine. Che vita aspettava la mia bambina? Che cosa avrebbe significato per la nostra famiglia? Che impatto avrebbe avuto su Giulia? Gli altri bambini sarebbero stati gentili con lei? Avrei potuto continuare a lavorare? Che ne sarebbe stato di me e Paolo? Come avrebbero reagito le nostre famiglie? E quando noi non ci saremmo stati più? Non avevo risposte, solo domande che alimentavano altre domande.

La mia risalita dal buco nero in cui ero caduta è iniziata grazie a una dottoressa che entrò nella mia stanza d'ospedale durante il turno di notte. Aveva delle fotografie tra le mani, erano di suo fratello, un ragazzo con la sindrome di Down di cui mi raccontò la storia. Era un ragazzo di ventidue anni, era andato a scuola come tutti, aveva una fidanzata, amava fare sport e aveva appena iniziato un tirocinio lavorativo. Una vita ordinaria, come gli altri ragazzi della sua età, così sembrava almeno.

Mi attaccai a quel racconto come a una zattera in un mare in tempesta. Da quel giorno non smisi di cercare storie nel web, nella letteratura, nella cinematografia, certa della loro forza e del loro potere salvifico.

Vorrei che durante ogni comunicazione ai genitori in sala parto ci fosse un medico disposto a parlare di un bambino e non di un difetto genetico; vorrei che di fronte a ogni diagnosi prenatale ci fosse l'occasione di parlare delle persone con la sindrome di Down, di conoscerne le storie, piuttosto che soffermarsi solo sulle eventuali patologie e sulle difficoltà connesse alla sindrome; vorrei che ogni insegnante davanti a un nuovo alunno con disabilità non si fermasse alle cose che non imparerà, ma che si concedesse la possibilità di conoscerlo e gli desse l'opportunità di giocare la sua partita.

Se penso a tutte le persone con sindrome di Down che ho incontrato nella mia vita, non ne ricordo tanto le caratteristiche comuni, ma piuttosto le peculiarità che li distinguono, uno per uno, storia per storia, vita per vita. Marta appassionata di animali e di ricerche su internet che tiene allenata la sua mente cercando parole nuove sul dizionario. Ilaria che quando danza ti dimentichi la sindrome di Down e che vive da sola nella casa che ha comprato con i suoi risparmi. Niccolò che ha corso più maratone di New York di tutti gli appassionati di corsa che conosco. Spartaco che vive da solo con altri tre adulti con sindrome di Down, tra cui l'amore della sua vita Elena, che ha appena sposato. Cristina, una donna di una saggezza disarmante, le sue avventure in una missione in Africa e il suo sogno di fare la life coach.

A quella mamma con gli occhi sperduti e a tutte quelle che verranno vorrei dire: hai tra le braccia Carola, Marco, Serena, Andrea, Lidia, Davide, non una diagnosi.

Oggi è diverso, Emma, oggi so dove siamo stati e dove siamo. Il futuro che ti aspetta e che ci aspetta non mi fa più paura. Oggi so che dietro a quella frase: 'Abbiamo un sospetto di sindrome di Down' scritta nei protocolli e pronunciata secondo copione, c'eri tu. Sopra a tutte le immagini di te che sono cadute a terra e andate in frantumi quel giorno, c'è l'immagine della ragazza che sei diventata. Oggi so che dietro a ogni diagnosi c'è una persona, e che ciascuna scriverà la propria storia. Tu, la tua.

5
SuperGirl

L'immagine è piuttosto sfocata, gli smartphone non avevano ancora le fotocamere potenti di oggi. Sei seduta sulla tua sdraietta di ciniglia arancione con la grande margherita verde, gonfia di latte. Hai l'aria soddisfatta di chi ha appena mangiato e sta per abbandonarsi al mondo dei sogni. Indossi un body a righe spesse bianche e rosa con l'immagine di Wonder Woman, con la tuta da supereroina, il mantello rosso, la mano sul fianco e l'atteggiamento da tipa tosta. La scritta sopra la testa in stile pop-art: 'SuperGirl'.

Quel body lo lavavo, lo asciugavo e te lo mettevo come fosse un amuleto, come se potesse garantirti dei superpoteri. Ma non te li dava, serviva solo a rassicurare me. Per anni abbiamo usato l'aggettivo 'speciale' per definirti. Era più facile dire 'Emma è una bambina speciale', invece che 'mia figlia ha la sindrome di Down'.

Imparai presto che mi stavo sbagliando. Che non era la sindrome a renderti speciale e che, più ti collocavo su un piedistallo, più cercavo quell'eccezionаlità in te, più perdevo l'occasione di conoscerti. C'è voluto del tempo per capirlo e per abbandonare anche un certo tipo di linguaggio e smettere di usare la parola 'speciale'.

Il primo campanello d'allarme che qualcosa non tornava in quel linguaggio venne dai compagni di scuola materna di tuo fratello Cesare. Avevi appena cinque mesi quando rimasi incinta di lui, avete poco più di un anno di differenza e avere un fratello più piccolo, ma così vicino, fu davvero importante per te: una palestra di vita, una relazione schietta, senza condiscendenza e sconti, forse l'unica relazione non protettiva che ti ha concesso la vita. Cesare e i suoi compagni avranno avuto appena quattro anni, quando la maestra a giugno annunciò alla classe che l'anno successivo lei non ci sarebbe stata e che sarebbe andata a insegnare ai bambini speciali, un bimbo alzò la mano e disse candidamente: «Perché, scusi, noi non siamo speciali?»

Aveva ragione, e con lui tutti i bambini e le bambine che si chiedono perché quella bambina ha un insegnante che la aiuta, perché con lei avete più pazienza, perché lei ha più tempo per le verifiche, perché celebrate ogni suo piccolo successo? I bambini hanno la testa piena di domande e hanno bisogno di risposte chiare, hanno bisogno di essere accompagnati a capire la realtà e non di uno sbrigativo: «Perché lei è una bambina speciale».

Quell'aggettivo piaceva molto anche a te, e io mi

resi presto conto che c'era una differenza sottile tra coltivare la tua autostima e alimentare il tuo egocentrismo. Non bastava certamente una parola, anzi una menzogna, per aiutarti a costruire un'identità solida e pronta ad affrontare il mondo.

Piano piano ha cominciato a irritarmi quando le persone intorno a noi ti definivano 'speciale'. Sei una ragazza simpatica, divertente, molto determinata, ma no, non sei speciale.

Avere una sorella con la sindrome di Down non ha fornito ai tuoi fratelli qualche superpotere, una sensibilità superiore. Gli ha piuttosto tolto qualcosa: a Cesare la possibilità di essere il 'piccolo di casa' e a Giulia quella di essere la 'figlia unigenita', come dice lei. Io non sono una mamma speciale, perché vivo con relativa serenità la mia esperienza di mamma di una ragazza con disabilità, e non mi piango addosso. Noi non siamo una famiglia 'speciale', siamo una famiglia come tante, facciamo errori tutti i giorni, ci amiamo, ci perdiamo, ci ritroviamo. 'Tutte le famiglie felici sono uguali, ogni famiglia infelice è infelice a modo suo': parola di Tolstoj. Quel che è certo è che non siamo speciali perché nella nostra famiglia c'è la sindrome di Down.

Lo so che dietro queste espressioni che sentiamo ripetere spesso c'è lo slancio a essere gentili, politically correct, c'è il sincero tentativo di trovare le parole più delicate per dire qualcosa che non conosciamo, c'è la patina delle buone intenzioni. Ma ho scoperto sulla nostra pelle che usare l'appellativo 'speciale' è un modo per isolare le persone con disabilità, anche senza rendercene conto. Tutto sommato funziona finché siete piccoli, poi quando crescete cambiamo prospettiva, noi genitori vogliamo che veniate trattati come tutti gli altri.

Ma allora? Siete speciali o siete come gli altri?

È arrivato il giorno in cui i tuoi fratelli si sono chiesti cosa dovevano fare di straordinario per essere considerati anche loro 'speciali'. È venuto il giorno in cui i compagni di classe si sono chiesti perché loro non fossero abbastanza 'speciali' da avere un'insegnante speciale, usare libri speciali e avere programmi speciali. È venuto il giorno in cui il 'trattamento speciale' non ci piaceva più e tutti i vezzeggiativi che abbiamo usato ci hanno fatto venire l'orticaria. Quel giorno ho cominciato a chiamarti solo per nome. Da quel giorno è iniziata la tua vita ordinaria, con le sue difficoltà e con le sue opportunità. Come tutti.

A quel body con la scritta 'SuperGirl' resto profondamente legata e non solo perché profuma ancora di te, ma perché mi rammenta il percorso che abbiamo fatto insieme e che non rinnego. Ci è voluto tempo, ci sono volute tante carezze al mio cuore ferito, preoccupato, spaventato. Oggi però preferisco chiamare le cose con il loro nome. Non c'è nulla di brutto nel dire 'sindrome di Down', 'disabilità', 'diversità'. Dire le cose per quello che sono ci permette di guardarle senza nasconderci e di affrontare la vita in modo diretto. E lo permette anche a te, Emma. Sento così di rispettarti di più e di darti la possibilità di definire la tua identità nel tempo facendo i conti con la disabilità.

6
Auimbaue

È il momento degli applausi, lo spettacolo è finito. Tutte le ballerine e i ballerini si godono la festa. Il finale è memorabile tra i bis, gli inchini e le lacrime di commozione. Avete preso l'insegnante per mano, fino ad allora era stata dietro le quinte a dirigere e a curare ogni uscita, l'avete trascinata al centro del palco per la meritata standing ovation e gli infiniti abbracci. Tu sei radiosa, saluti con entrambe le manine, le agiti con tale entusiasmo che la camera ha perso il fuoco. Alle tue spalle Giulia, con una bombetta di brillantini in testa, ti abbraccia da dietro, colma di orgoglio e di felicità.

La scuola di danza era proprio sotto casa, una di quelle scelte che si fanno per comodità e che si danno praticamente per scontate. Mai avrei immaginato quanto preziosa sarebbe stata quell'esperienza e quanto rara sarebbe stata l'accoglienza che hai ricevuto.

La tua insegnante, Alma, non si fece domande e non ebbe alcuna resistenza, né chiese consigli per 'gestirti'. Imparai presto che non era un atteggiamento scontato come potevo immaginare, negli anni mi sono sentita dare da diverse società sportive le scuse più disparate per non farti iscrivere alle loro attività: 'Non abbiamo il corso giusto per lei', 'Non siamo attrezzati', 'Non è lei, siamo noi che non siamo abbastanza formati...'

Succede anche ai centri estivi dove le famiglie si sentono richiedere quote extra per un educatore in più o addirittura negare la partecipazione. Il campionario delle scuse non è poi così vario, sono tutte declinazioni della medesima ipocrisia: 'Non siamo strutturati...', 'non potremmo dedicarle le attenzioni di cui ha bisogno', 'non abbiamo educatori specializzati'. Specializzati? Come se per trascorrere del tempo con te fosse necessario un master in 'disabilitologia'.

Mi hanno risposto così anche in una nota associazione che ha come mission dichiarata 'lo sport accessibile a tutti' ed è sponsorizzata dal più grande brand sportivo del mondo. Possiamo riempirci la bocca con la parola diversità e metterci la coccarda dell'inclusività quanto vogliamo, ma se hai una disabilità intellettiva partecipare a un campo estivo e fare sport in un contesto inclusivo non è affatto scontato.

Era il giorno del saggio di fine anno e tu e le altre bambine avevate lavorato duro per diversi mesi per preparare lo spettacolo. Indossavate tutte il body e il tutù rosa, un cerchietto marrone con le orecchie e delle extension di riccioli vi scendevano sulla fronte, ai polsi nastri marroni di tulle. Dei leoncini bellissimi!

Le compagne danzavano sulle note di *The Lion Sleeps Tonight*, tu sei entrata mentre il coro cantava 'Auimbaue, auimbaue...', sei andata dritta a bordo palco, hai salutato il pubblico, dispensato baci e cercato di riconoscere nella sala piena le persone che conoscevi. Hai controllato che ci fossimo tutti. Noi dal pubblico ti abbiamo incoraggiato a tornare nel gruppo e danzare. Un altro salutino al pubblico e poi via, hai trovato la posizione giusta e hai ripreso da lì. Le compagne ti aspettavano, ti cercavano, ti guidavano. Il gruppo è rimasto compatto e il pezzo è riuscito benissimo; imperfetto forse, ma vero. Avevi cinque anni e dicevi solo qualche parola, ma sapevi come comunicare le tue emozioni e conquistare il cuore di tutti.

Non abbiamo più incontrato un'insegnante che ti vedesse come Emma e basta e che si occupasse solo di trasmetterti la sua arte, la sua passione, e che facesse un pezzo di strada con te senza paure, resistenze, pregiudizi. Sono certa che se la scuola di danza non si fosse trasferita dall'altra parte della città tu avresti continuato a danzare con lei, invece oggi se qualcuno ti chiede 'Che sport fai?' tu rispondi: 'Divano!' E purtroppo non è solo una questione di pigrizia, è che non abbiamo mai più trovato qualcuno come Alma. L'inclusione la fanno le persone.

7
Giù per la salita

Vi tenete per mano e scalate una duna. Cesare ha un bermuda rosso e una T-shirt verde, tu un pantaloncino giallo fluo e una canotta bianca. Intorno a voi solo sabbia, una distesa infinita di sabbia. Lui con la sua pelle bianco latte, delicata, tu con la tua carnagione dorata, già abbronzata. Siete alti uguali, Cesare ti ha raggiunto in fretta. Quindici mesi di differenza eppure per un bel po' di vita siete sembrati due gemelli, di quelli eterozigoti, quelli che non si somigliano all'apparenza, ma che hanno la complicità di chi ha condiviso tutto, è cresciuto insieme, uno a fianco all'altro. Avete la stessa posizione in questa foto, come se steste marciando sincroni, il peso sulla gamba sinistra e la destra piegata, pronta a un altro passo, uno dopo l'altro. Una mano stretta all'altra e le altre due a darvi il ritmo: un passo dietro l'altro. È una giornata di sole e cielo terso di un giugno americano, l'ora tarda del pomeriggio ci salva dal caldo insopportabile.

Non ho mai pensato che fare un altro figlio dopo la tua nascita potesse essere un modo per pareggiare i conti con la vita. Non è stato un modo per aggiustare qualcosa che era rotto. Avere un terzo bambino è stato difficile, ma soltanto perché ogni figlio è una nuova sfida, ogni figlio è una pagina bianca e ogni relazione rompe l'equilibrio che c'era prima e ti costringe a mettere in gioco energie per crearne uno nuovo.

Quando qualcuno mi chiede quanti figli ho e dico tre mi guarda in modo strano, io leggo tra le righe e rispondo prima che mi facciano domande scomode. Non aspetto che mi chiedano 'Emma è l'ultima?' oppure 'Gli altri?', come a dire 'Gli altri tutto bene? O hanno una disabilità pure loro?' Gioco d'anticipo e dico: «Giulia, Emma e poi c'è Cesare, il piccolo di casa, che però è già più alto di me». Mi guardano straniti e lo so che pensano: ma davvero hai fatto un altro figlio dopo Emma? Sì, ne ho fatto un altro. Ma non era per far media! Due perfetti e una disabile suona forse meglio che un figlio unico con disabilità? No. Tutto più semplice: volevamo un altro figlio, l'abbiamo cercato, è arrivato. Papà desiderava tanto un maschio, qualcuno che gli somigliasse, a cui trasmettere la passione per il calcio, forse avrebbe amato anche il tennis o il basket, ma sicuramente sarebbe stato uno sportivo, ma non poteva immaginare che quella che non si sarebbe persa una partita della squadra del cuore per nulla al mondo saresti stata tu. Quel bambino arrivò, sparigliò le carte sul tavolo come fanno tutti i figli: al calcio giocato non si appassionò per nulla anche se indossa tutti i giorni la maglia di un calciatore della collezione del papà. Ha sperimentato il tennis, il nuoto, il triathlon, il basket in cerca della sua identità e l'ha trovata nell'atletica leggera, lo sprint in particolare.

Nascere dopo Giulia e dopo di te non è stato facile per Cesare, si è fatto spazio per un po' tra due sorelle tanto ingombranti, tra i cuori affollati della nostra famiglia, per poi decidere di farsi da parte, come se non volesse disturbare. Si è fatto piccolo, anche se è cresciuto in fretta ed è diventato presto un gigante, ha fatto in modo di non avere bisogno di nessuno e di non attirare l'attenzione, più per non occupare spazio e lasciarne a chi ne aveva più bisogno che per carattere. Che grande malinteso! Il suo arrivo in famiglia aveva in verità completato il puzzle, mi aveva fatto scoprire un amore nuovo, un nuovo modo di essere mamma. Cesare, che è sempre stato bravo con i numeri, mi ha rivelato i misteri della matematica del cuore e con lui ho imparato che l'amore non si divide, ma si moltiplica. Credo di non essere mai riuscita a dirglielo e, come spesso capita ai *siblings*, ha portato senza fiatare il peso di dover essere performante da una parte e di cavarsela da solo dall'altra.

Siblings, così li chiamano i fratelli e le sorelle di persone con disabilità, in verità vuol dire semplicemente 'fratelli' e 'sorelle'. Quello che dovrebbero essere: niente di meno, niente di più. Cesare per anni è stato solo questo per te, un fratello, ti ha insegnato tutto senza fronzoli, senza protezioni, senza premure eccessive dovute alla tua disabilità. Ci ha messo spesso di fronte all'eccesso di cure che avevamo per te e alle parole edulcoranti che usavamo per definirti. Ci ha chiesto conto ogni volta che, a suo avviso, avevamo un'attenzione eccessiva nei tuoi confronti, ci invitava a porci una domanda in più quando vi trattavamo in modo diverso, ci ha segnalato quando ti stavamo privando di un'opportunità pensando di proteggerti o stavamo celebrando eccessivamente una tua conquista che per lui doveva essere considerata ordinaria. Ha sempre avuto uno sguardo limpido, onesto, equo e io gli sono molto grata per questo, perché nello sfidarmi e a volte anche provocarmi, mi ha permesso di mettere in discussione il mio punto di vista, mi ha portato spesso fuori dalla mia comfort zone, mi ha costretta ad aggiustare il tiro di continuo.

Non so se tu e Cesare ricordiate davvero quel giorno, eppure entrambi lo raccontate come il ricordo più bello che avete insieme. Forse è uno di quei ricordi che rimane ancorato nella mente con l'aiuto dei racconti e delle fotografie che lo tengono vivo. Era uno dei nostri viaggi in giro per il mondo, il secondo degli on the road in camper negli Stati Uniti. Dopo i meravigliosi parchi dell'ovest, avevamo scelto di visitare i grandi laghi ed esplorare un pezzettino di Canada. Avevamo lasciato Chicago e mentre costeggiavamo il lago Michigan in direzione del Canada ci siamo fermati in un parco con dune maestose. Cesare adorava correre negli spazi aperti e il parcheggio affollato prometteva bene.

Avevamo lasciato il camper e ci eravamo avviati a piedi per esplorare il parco. Abbiamo realizzato in fretta che ci aspettava un'impresa titanica, per raggiungere la vetta e godere del panorama del lago, dovevamo scalare una duna di sabbia ripida e sfidante. Lo era per adulti e bambini, lo era ancora di più per te. Ma ti avevamo cresciuta senza sconti e ci avremmo forse messo più tempo, ma saremmo arrivati in cima, tutti e cinque. Fu dura convincerti e dovevamo stimolarti a ogni passo. Facevi un pezzettino e poi ti fermavi, guardavi in alto e ti scoraggiavi. Le abbiamo provate tutte. Finché abbiamo deciso di andare avanti e farti capire che non c'era davvero la possibilità di fare dietrofront e rinunciare. Tu ci vedevi salire e la distanza fra te e noi si faceva sempre più grande. A un certo punto ti sei piantata e non ti sei mossa più. Avevamo esagerato, ti avevamo chiesto troppo. Con te è sempre stato così, tiravamo la corda con fiducia e osavamo sempre un po' di più, ma alcune volte la corda si spezzava. E allora si doveva cambiare strategia e gestire la tua frustrazione. Noi quattro eravamo arrivati praticamente in cima, è stato allora che Cesare ha preso l'iniziativa, correndo giù per la duna e venendo a prenderti. Non ha fatto nulla di straordinario, gli è bastato camminarti a fianco, incoraggiandoti e mostrandoti che insieme potevate farcela. Siete arrivati in cima insieme, non senza fatica, lui ti ha preso la mano e te l'ha alzata al cielo in segno di vittoria, come fanno i giudici alla fine di un incontro di boxe. Era fiero di te, ma anche un po' di se stesso.

Ecco, fino a una certa età sei stata solo questo per lui, una sorella. Poi qualcosa si è rotto e ha cominciato a essere 'il fratello di Emma'. Ricordo bene il giorno in cui ho capito che stava succedendo. Eravamo in un centro commerciale, e lui mi ha detto all'improvviso: «Mamma, guarda, un bambino speciale!»

Era entusiasta e io ne fui quasi sorpresa, ma annuii sorridendo.

«Sì, Cesare, anche lui è un bambino con la sindrome di Down, ma non indicarlo...» dissi prendendo il suo dito tra le mani e accompagnando la mano lungo il fianco. La sua euforia iniziale si spense nella vergogna. Gli accarezzai la testa e gli sorrisi, lui capì che non era un vero rimprovero e tornò sereno.

Io sentii male dentro. Il suo slancio eccessivo era la misura di un disagio ricomposto. Come se ogni volta che scopriva che la sindrome esisteva anche al di fuori della nostra famiglia gli si aggiustasse qualcosa dentro. Una crepa, un dolore, una paura.

Immagino una voce dentro la sua testolina: 'Non sono l'unico ad avere una sorella con la sindrome di Down!' Oppure: 'Avere la sindrome di Down è normale'.

Succedeva anche a me quando eri piccola e incontravo una persona con sindrome di Down in città o in vacanza. Alcuni di quegli incontri li ricordo ancora. Provavo la stessa vergogna che ha provato Cesare abbassando lo sguardo, quando mi scoprivo a fissarli senza poi avere il coraggio di avvicinarli. Uno dopo l'altro quegli incontri hanno ricucito la ferita della colpa, della rabbia, della paura, e hanno lasciato il posto a una cicatrice che si chiama consapevolezza.

Un fratello è la tua prima palestra di vita, con o senza la sindrome di Down, impari a stare al mondo, impari a costruire relazioni, impari che le cose sono diverse da come sembrano. Impari per differenza. Alleni i muscoli alla vita e lo fai con gioie e dolori, con abbracci e con pugni, con giochi e dispetti, con delusioni e sorprese. Ma per i *siblings* c'è molto altro. Mi sono chiesta spesso cosa significhi avere un fratello con disabilità, ma non lo saprò mai veramente. Mi sono fatta delle idee in questi diciotto anni. Quando eravate piccoli avevo usato la metafora dello zaino per spiegarvi la sindrome di Down, la usavo anche con gli altri bambini e bambine, vi dicevo che avere la sindrome di Down era come avere uno zainetto sulle spalle, a volte più leggero a volte più pesante, ma che quel peso faceva fare più fatica a fare tutto. Rimanendo nella metafora dello zaino, mi sono risposta che essere fratelli significa avere il peso dello stesso zaino senza che nessuno veda che lo stai portando, è fare fatica, ma dover stare a guardare, è rendersi continuamente invisibili perché c'è chi ha più bisogno di essere visto, è fare il tifo dalla panchina senza poter giocare mai. È come se dovessero fare il doppio di quello che fanno: il loro e anche quello della sorella o del fratello, anche se nessuno glielo chiede. È come se si sentissero in dovere di 'rimediare', anche se non c'è nulla da rimediare. È un labirinto senza via d'uscita: non si sentono mai abbastanza, sentono di dover essere perfetti e allo stesso tempo vorrebbero essere liberi di non esserlo. Come fratello vedi celebrato ogni piccolo traguardo e applaudito ogni singolo sforzo di tua sorella, tu invece nella migliore delle ipotesi hai fatto il tuo dovere e nella peggiore non hai fatto abbastanza.

Dall'altra parte i genitori fanno del loro meglio, senza libretto d'istruzioni, ma non è un compito dei *siblings* quello di capirli e avere tenerezza per le loro fatiche e la loro imperfezione. Il loro compito di figli è quello di alzare la voce per farsi sentire, è pestare i piedi e sollevare la testa quando lo sguardo amorevole delle persone che li hanno messi al mondo non si posa a sufficienza su di loro.

Vorrei essermi accorta prima di alcune mie mancanze, vorrei tornare indietro per cancellare tutte le volte che ho detto «Stai attento/a a tua sorella» oppure «Guarda lei come si impegna», vorrei aver detto meno «Brava» a te e aver dato meno per scontato le loro conquiste, vorrei aver distolto qualche volta il pensiero da te e essermi accorta dei bisogni di Giulia e Cesare, vorrei averli incoraggiati di più a dirmi come si sentivano e che cosa potevo fare per loro, vorrei aver dedicato più tempo esclusivo a ognuno dei miei figli, ma dopo anni di sensi di colpa oggi mi perdono per essere imperfetta, perché ce l'ho messa davvero tutta. Ho imparato il mestiere di genitore facendolo, ho messo in discussione continuamente le mie azioni e le mie opinioni, ho sfidato le pochissime certezze, ho ascoltato tanto, altri genitori e i miei stessi figli, e oggi mi faccio una carezza e accolgo con benevolenza tutta la fatica di cui mi sono fatta carico, consapevole che il mio compito non è ancora finito.

Vorrei vedervi ancora così mano nella mano sulle salite della vita, con la leggerezza del cuore di allora, senza pesi e preoccupazioni. È un'immagine che tengo stampata nel cuore e che mi guida. Oggi so che è costruendo il tuo progetto di vita, lavorando sulla tua autonomia e indipendenza che sarà possibile ritrovare quella complicità e leggerezza. Voglio per te un futuro che non coinvolga necessariamente tuo fratello e tua sorella. Non voglio delegare loro la responsabilità di te. Tu te la caverai, con i supporti che saranno necessari. Tua sorella e tuo fratello faranno i fratelli, ti daranno amore e parteciperanno alla tua vita come fanno appunto i fratelli, ma non delegherò loro cure e accudimenti. Se vorranno assumersi responsabilità nel tuo percorso di vita non potrò impedirglielo, ma farò in modo che non sia necessario. Vorrei riuscire a liberarli dalla colpa, dall'onere di essere eccellenti, dalla responsabilità di pensare al futuro della sorella. Vorrei che fossero liberi di fare la loro vita, e tu la tua. Sarà quello il giorno in cui il mio compito sarà finito.

8
La partita della vita

Tu, io e papà stretti in un abbraccio, che è anche un bacio. Siamo ritratti di profilo al centro di un campo da calcio, non si vede, in realtà, ma è lì che siamo. Papà ti tiene sulle spalle, tu indossi una maglia dell'Inter e hai il mento appoggiato sulla sua testa e i capelli che ti cadono davanti agli occhi. Papà ti tiene le gambe, si intravedono le scarpette rosse di Minnie a pois bianchi. Io vi abbraccio e allungo la mano fino a cingerti la vita e tenerti la schiena, la tua manina si appoggia appena sul mio braccio teso. Ho gli occhi chiusi, papà invece si guarda intorno, non c'è da perdersi nulla di quel momento.

La festa è iniziata nella hall dell'hotel qualche ora prima del fischio d'inizio. Ho negli occhi il ricordo vivido di voi bambini che giocate, vi rincorrete, inventate giochi per far passare quelle ore interminabili. Eravate tanti, eravate felici. Indossavate tutti la maglia nerazzurra, chi con il nome del papà sulle spalle chi con il proprio. La cosa straordinaria di quel giorno è che avevamo già vinto prima di cominciare: la gioia di essere arrivati fin lì, di stare insieme, di andare a goderci la partita della vita. Eravamo una grande famiglia, di quelle che sanno condividere gioie, soffrire, sostenersi a vicenda e infine andare a vincere insieme.

Siamo andati allo stadio in pullman, tutte le famiglie insieme. Le strade erano bloccate, Madrid era nel delirio: era il 22 maggio 2010, al Santiago Bernabéu si giocava la finale di Champions League tra il Bayern Monaco e l'Inter, una delle partite più attese dell'anno, dai tifosi dell'Inter aspettata da quarantacinque anni. Noi eravamo preoccupati di fare tardi, tu invece camminavi lungo il corridoio del bus e distribuivi caramelle a tutti. Non appena siamo arrivati abbastanza vicini al Bernabéu, siamo scesi per proseguire a piedi con i bambini in braccio.

Allo stadio è andata in scena la giornata perfetta: la festa sugli spalti era iniziata, nella nostra tribuna c'erano tanti amici, era tutto un abbraccio, l'adrenalina alle stelle. Era come se sapessimo che quella partita era nostra, è stata la nostra festa dal primo all'ultimo minuto. Voi bambini più piccoli non capivate bene cosa stesse accadendo, correvate nei corridoi, saltellavate sui gradini, indicavate i papà in campo, vi sbracciavate per farvi vedere. Ho un'immagine di te, Giulia e Cesare appoggiati alla transenna, sulle spalle i vostri nomi e il numero ventuno, tu e Cesare avevate ancora il ciuccio, cercavate i volti degli amici che erano seduti in un'altra area ed esultavate ogni volta che ne riconoscevate uno.

In tribuna venivi palleggiata tra le braccia di tutti: ti ricordo stretta alla nonna, a Nico, a Michele, sulle spalle di Susanna, al gol di Milito eri sulle ginocchia di Enrico Bertolino che ti ha letteralmente lanciata per aria... un momento indimenticabile che continueremo a raccontare all'infinito.

Della partita non c'è nulla da dire. È storia.

La parte che mi piace ricordare è quella che riguarda voi bambini e le famiglie che erano lì, legate per sempre da qualcosa di leggendario.

Al fischio finale Marco Materazzi scalò la tribuna e andò a prendere i suoi figli per portarli in campo con lui, la sicurezza era rigorosissima e non facevano oltrepassare i cordoni a nessuno. A nessuno, tranne a Marco! Chi mai avrebbe potuto impedirgli di godersi quel momento con la sua famiglia? Prendemmo tutti coraggio e improvvisammo una cordata umana di amici affidabili dalla tribuna delle famiglie fino al campo, i bambini passavano di braccia in braccia fino a raggiungere i papà in campo. Poi scendemmo anche noi mamme e i familiari più stretti. In un attimo tutte le famiglie erano sul prato del Bernabéu a festeggiare.

Mai vista tanta gioia tutta insieme. I bambini correvano avanti e indietro sul prato verde dove fino a pochi minuti prima si era giocata la finale di Champions League, si rincorrevano, si rotolavano nelle stelle filanti, scorrazzavano da una parte all'altra del campo senza freni e immortalavano per sempre un ricordo straordinario nei loro piccoli cuori. Ricordo papà con te sulle spalle, gli andai incontro e lo baciai piena di orgoglio, ricordo Marco che ti mette la parrucca nerazzurra in testa e tu che scappi e corri entusiasta verso la porta.

La festa non finì a Madrid. Partimmo quella stessa sera e rientrammo a Malpensa, lì ci aspettava un pullman che ci portò direttamente a San Siro. Ricordo migliaia di macchine parcheggiate sui marciapiedi intorno allo stadio e io che non avevo mai visto nulla del genere pensai che ci fosse il lavaggio strade. Mi ci volle un po' per capire che quelli invece erano i tifosi venuti a San Siro a festeggiare alle sei del mattino. Nemmeno loro avevano dormito, nemmeno loro potevano spegnere le luci e andare a riposare, la giornata perfetta doveva durare il più possibile. Erano tutti lì a salutare la loro squadra del cuore, a festeggiare la coppa, il triplete e i loro eroi. E i giocatori erano venuti a ringraziarli di averli tifati, incoraggiati, di aver sofferto con loro, di averli sostenuti sempre. Era il momento della gioia e di mostrare loro la coppa poche ore dopo averla conquistata. Ci furono altre feste, ma nessuna come l'abbraccio di San Siro all'alba del giorno dopo l'impresa. Percorremmo il rettangolo verde in lungo e in largo e respirammo a pieni polmoni tutta quella gioia, stanchi, increduli, ma felici. Non so come facevate a essere ancora svegli tu e i tuoi fratelli, ma come si poteva mettere la parola fine a una giornata così?

Avevi solo cinque anni, non credo tu possa ricordare molto, è per questo che ho voluto regalarti la memoria di quel giorno, uno dei più belli della nostra vita, una memoria fatta anche di tante immagini che hanno immortalato quel momento epico per la nostra famiglia e non solo.

La foto iconica di quel giorno l'ho trovata in rete per caso, non ho mai saputo chi l'abbia scattata, qualcuno che non ho mai potuto ringraziare, qualcuno che non sa quanto sia preziosa per noi. È la foto di te a cui sono più legata, la mia preferita di sempre. Io, te e papà in un abbraccio che va ben oltre quella giornata, ed è il simbolo della nostra promessa: qui siamo stati testimoni della partita della vita di papà, ora noi saremo testimoni della tua. Ti cammineremo a fianco senza tenerti per mano, ma tu potrai cercarci quando avrai bisogno, ti concederemo la possibilità di cadere e l'opportunità di imparare a rialzarti, ti lasceremo fare le tue conquiste da sola e giocare la tua partita, ti guarderemo farlo dagli spalti e ci godremo lo spettacolo, facendoci ogni giorno sempre più invisibili.

9
La girandola

Ti vedo sulle scale della scuola, con il grembiule blu e il profilo del colletto bianco, gli occhiali lilla, la cartella con i pois rossi, le Birkenstock viola metallizzato. Hai le trecce d'ordinanza, fissate con elastici viola e mollette di Topolino in pendant. Alzi la manina e saluti, fiera, come se il mondo fosse lì tutto a guardare te. Un po' è così, in effetti, c'è il pubblico delle grandi occasioni, tutti i familiari degli alunni al primo giorno di scuola. Tieni in mano una girandola colorata: è il simbolo del passaggio di consegne, te l'ha donata come testimone una bambina di quinta, per augurarti buona fortuna per la tua prima elementare.

Lo ricordo come fosse oggi, ho riguardato le foto milioni di volte, mi sono cullata nella nostalgia, ho ascoltato l'eco delle sensazioni che ho provato. Il passaggio alle elementari è un grande salto, gli specialisti avevano detto che eri pronta, io non ero d'accordo, ma li ho ascoltati. Ovviamente avevano ragione loro. Io ti volevo dare un vantaggio, un anno di consolidamento delle competenze, un anno per acquisire nuove autonomie, un anno per sviluppare il linguaggio. Volevo proteggerti, ma da chi? Dai compagni? Dalla fatica? Dal rischio del fallimento? Forse un po' da tutto.

Quel giorno ero colma di tutte le tensioni degli ultimi mesi, delle decisioni prese, delle aspettative e – lo confesso – ero vicina a esplodere. C'erano tutti: papà, fratello, sorella, nonni, zii. Erano venuti a condividere quel rito, ma io – confesso anche questo – non avrei voluto intorno nessuno. Volevo che fosse un momento nostro, volevo gustarmi ogni secondo, ogni singolo gesto, ogni sguardo, ogni emozione. Invece ognuno diceva la sua, ognuno faceva qualcosa al posto mio. Io volevo solo farti le trecce, allacciarti il grembiule, prenderti per mano e accompagnarti a scuola inspirando ed espirando come in quelle tecniche di respirazione per gestire l'ansia che non ho mai imparato. Il grembiule invece te lo aveva allacciato la nonna Mara e a scuola eri andata mano nella mano con papà. Camminando alle tue spalle avevo fissato la cartella a pois rossi che ti aveva regalato la nonna, ci avevamo messo giorni a prepararla perché non andava mai bene. L'astuccio, il quaderno, il diario, un pacchetto di fazzoletti, una merenda. Mancava sempre qualcosa, toglievi e mettevi.

Arrivati a scuola hai cominciato a salutare tutti: gli insegnanti di inglese, ginnastica e musica che conoscevi dalla materna, i bambini che incrociavi e i genitori degli ex compagni, come una veterana della scuola. Era pieno di primini che si nascondevano tra le gambe dei genitori, legittimamente impauriti ed emozionati. Tu sembravi serena, per nulla preoccupata di essere all'altezza della tua nuova avventura. Eri felice. Direi, addirittura, impaziente di cominciare.

La suora direttrice tutti gli anni organizza l'accoglienza degli alunni in giardino, chiama le classi una per una, i bambini e le bambine per nome, che uno dopo l'altro prendono posto sulle scale della scuola, tutti schierati a favore dei telefonini dei familiari, e poi quando la classe è completa si avvia in classe. Si inizia sempre dalle prime: i bambini vengono chiamati uno alla volta e un alunno di quinta che sta per chiudere il ciclo scolastico delle elementari consegna una girandola colorata a un bimbo o una bimba di prima. È una cerimonia semplice ma molto emozionante, e tutti la seguono con attenzione, anche chi non ha un figlio in prima.

Quando il rito è iniziato, tu hai cominciato ad agitarti ti sei innervosita quando qualcuno ti si è messo davanti togliendoti la visuale e a quel punto mi hai chiesto di prenderti in braccio. Io non vedevo l'ora, ho finalmente avuto la possibilità di tenerti un po' stretta e vicina, ma dopo un po' ti sei divincolata e volevi scendere di nuovo, mi hai guardato come a dire 'in braccio ci stanno i piccoli!'

Il tuo turno sembrava non arrivare mai, un po' perché la tua sezione era la C e prima bisogna fare la

A e la B, e poi perché il tuo cognome inizia con la O. Scalpitavi: «E io?» mi hai chiesto. «Porta pazienza, ora ti chiama!» La direttrice, che un po' aveva imparato a conoscerti negli anni di asilo, ha notato la tua impazienza, così ha deciso di fare uno strappo alla regola e di chiamare prima la C della B. «Oh ecco!» hai commentato. Arrivato il momento, hai sentito il tuo nome e sei andata di corsa senza farti pregare. Hai ricevuto la girandola da Giulia di quinta e ti sei messa al tuo posto, guardando fiera il tuo pubblico e sorridendo piena di orgoglio. Qualche secondo e poi hai scorto in fondo al cortile le maestre dell'asilo, quelle che si erano prese cura di te per tre anni, si stavano godendo lo spettacolo dalle finestre del primo piano, ti sei sbracciata per salutarle. Hai sempre avuto una gran fortuna, Emma, nel tuo percorso scolastico, perché dal primo giorno hai avuto una squadra di persone che facevano il tifo per te.

Quando la direttrice vi ha detto le paroline magiche: «Salite in classe!» tu sei partita come un fulmine e io non sono riuscita a starti dietro. Bambini, insegnanti e genitori si sono avviati per vedere la vostra aula e poi finalmente salutarvi. Io sono arrivata trafelata e con il groppo in gola, ti ho fatto un paio di foto e poi mi sono intrattenuta a salutare genitori e maestra. Sembrava proprio che nessuno di noi genitori volesse andarsene e lasciarvi iniziare l'anno scolastico. Mi sono avvicinata a te per dirti non so che cosa, probabilmente nulla di troppo sensato, era solo una scusa per tornare a darti un bacio e augurarti in bocca al lupo, e tu mi hai liquidato con un: «Mamma, ora tu vai, noi siamo grandi!» Era decisamente giunta l'ora di togliersi di mezzo.

10
Sono nata così

Un ritratto di famiglia sulla High Line, a New York. Con noi cinque c'è anche Chiara, la tua Chiara. Indossate tutti collane di perle colorate, io ne ho una di fiori arcobaleno, di quelle hawaiane. Giulia e Cesare hanno un polsino color fucsia con la scritta 'DIVA'. Tu giochi con una delle collane, te la passi tra le dita. Hai le unghie dipinte, ricordo di averle viste davvero poche volte così, probabilmente Giulia ti ha messo lo smalto durante la vacanza, anche lei ce l'ha. Papà è seduto accanto a Giulia, io ho Cesare in braccio, e tu tieni stretta Chiara. Abbiamo tutti sorrisi radiosi come alla fine di una giornata davvero speciale.

Era giugno inoltrato ed eravamo nella Grande Mela, l'ultima tappa del nostro terzo viaggio in camper lungo la costa occidentale degli Stati Uniti, da New York a Key West e ritorno. Ti avevamo fatto una sorpresa: a New York ci aveva raggiunto Chiara, la tua maestra di sostegno della scuola materna e della prima elementare che avevi appena concluso. Lei in verità era molto di più di questo, una sorella maggiore per voi tre e un pezzo di famiglia per me e papà, ed eravamo davvero felici di trascorrere uno scampolo di vacanza insieme.

Quel giorno, stanchi di seguire programmi e itinerari, ci siamo concessi la libertà di perderci per le strade di Manhattan, più precisamente nel West Village. È così che siamo capitati per caso in mezzo alle celebrazioni del Gay Pride: all'inizio non avevamo ben capito cosa stesse accadendo intorno a noi, andavamo di stand in stand, passeggiavamo per il quartiere, mangiavamo street food e voi bambini facevate incetta di gadget arcobaleno. La musica era coinvolgente, gli outfit delle drag queen attiravano la vostra curiosità, ma lì per lì non avete fatto troppe domande – e neppure noi adulti, a dire il vero. Quella che per la comunità LGBTQIA+ era un momento storico, ci era sembrata semplicemente una festa: in realtà si celebrava l'approvazione della legge sul matrimonio tra persone dello stesso sesso, anche se lo avremmo scoperto solo più tardi dai notiziari trasmessi in tv.

È stata una giornata spensierata e allegra, ma anche l'occasione per parlare di questi temi con voi a cena.

«Ma che festa era quella di prima, mamma?» ha chiesto Cesare.

«Non era davvero una festa...»

«E che cos'era? A me sembrava proprio una festa!» ha insistito.

«Diciamo che erano felici che qualcosa che sentivano giusto e che da tanto tempo chiedevano... stava finalmente succedendo».

«E cos'è che chiedevano?» voleva sapere Giulia.

«Chiedevano di poter essere chi erano e di amare chi volevano».

«Be', ma tutti possono essere chi sono e amare chi vogliono» ha detto Cesare con sicurezza.

«Eh, non proprio tutti!»

«Perché?» hai chiesto tu che fino a quel momento avevi seguito la conversazione in silenzio, ma attenta.

«Per esempio due uomini non potevano sposarsi e avere una loro famiglia, adesso finalmente sì».

«Una mia compagna ha due mamme» è intervenuta Giulia.

«È una famiglia anche quella, ragazzi, non credete?»

Eravate piccoli, è vero, ma una cosa che ho imparato nella mia esperienza di mamma è che quando fate domande siete pronti per le risposte. Così è stato anche quella volta.

Le collane arcobaleno che avevate al collo quel giorno sono ancora nelle scatole dei ricordi, così come spero un pezzo di educazione e consapevolezza su come anche le questioni che non impattano direttamente sulla tua vita ti riguardano. In fondo è come vorrei che gli altri vivessero la disabilità anche quando non la sperimentano in prima persona.

Ho pensato spesso a quel giorno, soprattutto negli anni successivi, quando il concetto di 'pride' ha preso piede anche da noi in Italia e non solo riferito alla comunità LGBTQIA+. Se a giugno si celebra il Pride

Month, con la P maiuscola, infatti, a luglio si celebra il Disability Pride Month. Ma con il concetto di 'pride', devo confessare, mi hai fatto fare pace proprio tu, Emma.

Da quando sei nata il 21 marzo celebriamo la giornata mondiale sulla sindrome di Down, la seconda domenica di ottobre la giornata nazionale, il 3 dicembre la giornata internazionale delle persone con disabilità, sempre a ottobre il Down Syndrome Awareness Month… Sembra che ogni occasione sia buona per far festa, ma in verità non si tratta di questo. Come tutte le persone che godono di un privilegio, per anni ho fatto a pugni con la parola 'pride', perché non capivo che diavolo di senso avesse sventolare l''orgoglio Down'. Cosa ci sarà da andare fieri della propria disabilità? Che necessità c'è di andare a sbandierare il proprio orgoglio in parate o esibizioni? Non comprendevo nemmeno il concetto di vergogna delle generazioni che ci hanno preceduto, a dire il vero, ma la parola 'pride' e 'festa' mi hanno sempre messo a disagio. Finché ho cominciato a frequentare queste giornate e a capirne meglio il senso.

Negli anni è capitato spesso che qualcuno mi facesse domande scomode: «Perché Emma parla così?», «Perché Emma ha gli occhi a mandorla?», «Che cos'ha Emma?» Tu ti sentivi a disagio di fronte alla curiosità dei tuoi coetanei, o anche a quella degli adulti che ponevano domande sulla tua disabilità davanti a te come se non fossi presente e non capissi, allora cercavi il mio sguardo o più platealmente mi davi una gomitata e mi dicevi: «Spiegaglielo tu!»

Oggi non lo fai più, oggi rispondi direttamente. «Sono nata così!» dici, e l'argomento è chiuso, forse anche perché con la sindrome devi ancora farci i conti fino in fondo e non ne vuoi tanto parlare. Ma anche perché è la risposta giusta. Non c'è molto altro da aggiungere. Sei nata così! Lo dici anche con una certa fierezza, lo dici con la sicurezza di chi sta bene nel proprio corpo, di chi sa bene di avere delle fatiche, ma anche di avere dei talenti. Credo che abbia a che fare con il sentirsi amati, con il sentire la fiducia di chi ti sta intorno e anche con il sentirsi visti. Sta forse qui il senso del 'pride': non si tratta di essere orgogliosa della sindrome di Down, ci sono giorni difficili in cui vorresti che tutto fosse più semplice e che non ci fosse nessuno che ti guarda con sufficienza o con pietismo, ma non te ne vergogni nemmeno, è parte di te e ci fai i conti. Sei fiera di essere Emma e di tutte le conquiste raggiunte, fiera di essere un'adulta, di compiere presto diciotto anni, di sapere che da quel giorno la tua firma conterà più di quella dei tuoi genitori, fiera del tuo percorso scolastico, del tirocinio che hai fatto, di girare la città da sola e usare i mezzi pubblici. Fiera di essere te stessa.

Credo che il Pride abbia a che fare un po' con questo: con il mostrarsi e l'essere visti, con il raccontarsi ed essere riconosciuti per quello che si è. È l'occasione di alzare la testa per i propri diritti e uscire dall'invisibilità, di fare cultura, di condividere la propria storia, di mostrarsi per quello che si è e rivendicare il proprio posto nel mondo. Il cerchio si è chiuso a distanza di anni, e oggi mi è chiaro quanto quella giornata fosse stata speciale e anche quanto l'approccio alla diversità debba essere intersezionale: non possiamo occuparci dei diritti umani a compartimenti stagni, non contano solo quelli che ci riguardano da vicino, non si affrontano solo uno alla volta, talvolta le discriminazioni si accavallano e si moltiplicano, non ci si può occupare solo di alcune sfumature delle diversity. O siamo inclusivi per davvero o non lo siamo.

11
Al parco

*Siamo al parco dietro casa, quello con il campetto da basket e i castelletti di legno, lo scivolo altissimo e la vasca con la sabbia. Avrai all'incirca sette anni, ma ne dimostri qualcuno in meno. Stai parlando con due bambine, sono più alte di te di tre spanne, le guardi dal basso mentre tieni stretto tra le mani il pallone da basket. Indossi un paio di pantaloni a rombi rossi e neri su sfondo bianco, maglietta smanicata e sneakers ai piedi. La bambina castana ha una coroncina di fiori tra i capelli e ti osserva sospesa, sulla T-shirt la scritta '*T'aime trop*', l'altra invece sorride, sembra più grande, ha i capelli biondi sciolti, gli shorts e una canotta con tante faccine di Titti. Non state giocando insieme, siete frizzate, come se foste nel pieno di una trattativa, o forse vi state semplicemente conoscendo.*

Non abbiamo mai frequentato molto i giardinetti, io e te. Urla, ginocchia sbucciate e vestiti sporchi di terra non sono il mio. Non ho mai amato stare a osservare i bambini giocare al parco, sarà che sono ansiosa e quando ne vedo uno in cima a uno scivolo o sull'altalena penso che sia una cosa spericolata e mi vedo già il film tragico del suo corpicino che cade giù, la testa che sbatte su uno spigolo e via tutti di corsa all'ospedale. Ognuno ha i suoi limiti, io soffro di vertigini anche a guardare i castelletti nelle aree gioco dei parchetti. E poi sono posti pieni di altre mamme, di nonni, di tate, e qualche papà e a me non piace socializzare con degli sconosciuti per ammazzare il tempo.

Quel giorno c'era un bellissimo sole primaverile e stare in casa era davvero un insulto a madre natura, così mi sono lasciata prendere dall'entusiasmo di fare una cosa insieme e ho lanciato l'idea: «Andiamo al parco!» Tu mi hai guardato con aria interrogativa, come a dire: «Che c'è, non ti senti bene?», ma un attimo dopo hai preso le scarpe e ti sei dichiarata pronta per l'avventura. Hai afferrato con entrambe le mani la palla da basket di tuo fratello Cesare e ci siamo avviate.

Arrivate lì, ti sei guardata intorno e sei andata incontro a quegli sconosciuti come se fosse la cosa più naturale del mondo. Ricordo di aver pensato ai racconti della nonna Mara quando tuo zio Martino e io eravamo piccoli: pare che quando eravamo in giardino con altri bambini, lei lo incoraggiasse a giocare con loro e lui rispondeva sempre «Intanto guardo» e si teneva a lungo in disparte, fin quando si sentiva pronto per partecipare. Ecco, Emma, tu non sei mai stata così, tu ti sei sempre lanciata, pronta a incontrare il mondo senza paure o insicurezze.

Io me ne stavo sulla panchina con un romanzo in mano, leggevo *Bianca come il latte, rossa come il sangue* di Alessandro D'Avenia. Accanto a me c'era una donna, più o meno della mia età. A un certo punto è arrivata una bambina, sua figlia, si chiamava Bianca – aveva il nome della protagonista del libro, ecco perché mi ricordo ancora il titolo –, è venuta di corsa con il suo vestitino a fiori impeccabile e le mollette perfettamente simmetriche tra i capelli.

«Mamma, mamma l'hai vista quella bambina?»

«Che bambina?» ha risposto la donna, ignara.

«Quella strana!» La mamma ha guardato altrove e, piena d'imbarazzo, ha cambiato discorso: «Torna a giocare, su. Tra poco dobbiamo andare».

Bianca si è fatta convincere, ma dopo qualche minuto è tornata: «Mamma, quella bambina... perché parla così?» E ti ha indicato.

La mamma le ha agganciato il dito. «Ma cosa dici? Dai, non si dicono queste cose. Forza, prendi i tuoi giochi, saluta le amiche e andiamo!» le ha risposto perentoria, quasi seccata.

Nel frattempo sei arrivata tu, di corsa, mi hai sussurrato nell'orecchio qualcosa che non ricordo e poi sei tornata a giocare.

L'altra mamma ha seguito tutto con la coda dell'occhio. Cercava di non guardarmi, ma potevo sentire i suoi pensieri, c'era come una vibrazione nell'aria. Sono quasi certa di averla anche sentita deglutire.

«Fa niente» le ho detto.

«Prego?» Mi ha guardato interrogativa.

«No, dico, fa niente» ho ribadito cercando di metterla a suo agio.

«In che senso, scusi?» Non ha colto o ha fatto finta di non capire.

«Non la sgridi... Insomma, ci sta...» e ho rivolto lo sguardo verso la sua bambina.

Lei ha abbassato gli occhi in silenzio.

«Le cose stanno come sua figlia le vede, in fondo, e non possiamo chiederle di non vederle. Noi adulti lo facciamo, ma i bambini no». Credevo di pensarlo, invece lo avevo detto ad alta voce.

«No, ma io non volevo...» ha provato a spiegarsi, ma io ho cercato di rassicurarla perché davvero non credevo ci fosse nulla da spiegare: «Lo so, lo so, succedeva anche a me prima di avere Emma» le ho detto. Poi ho aggiunto: «Risponda alla sua domanda, magari a casa le spieghi, è importante».

Lei si è alzata, ha fatto un passo, poi si è fermata. Si è voltata, mi ha guardato, accennando un sorriso. «Buonasera» mi ha detto.

Io ho risposto con un meno formale «Alla prossima!» e lo speravo davvero, di incontrarle di nuovo.

Intanto è tornata Bianca, che le è corsa incontro e le ha detto: «Mi sembra che si chiami Emma, se ho capito bene».

«Come lo sai?»

«Gliel'ho chiesto, mamma».

«Brava, Bianca!» e le ha accarezzato la testa.

Si è abbassata alla sua altezza, l'ha guardata negli occhi e ha detto: «Hai visto? Non era poi così strana...»

«No, parla solo in modo strano, ma è simpatica!»

«Bene, adesso dobbiamo proprio andare».

Mamma e figlia se ne sono andate. Io sono rimasta a guardarti da lontano, poi ho fatto un respiro profondo e sono tornata al mio libro.

È così che ho capito, Emma, come si affronta l'imbarazzo e il disagio quando hai davanti qualcosa che non conosci. È così che ho imparato ad accettare le reazioni delle persone quando resistono all'incontro con te e alla tua disabilità. Ho osservato in questi anni i bambini e le bambine, ma anche gli adulti, rimanere disorientati prima, sospesi poi. Li ho guardati far fronte all'incontro cercando nel loro immaginario strumenti per gestirlo. Li ho visti rinunciare per paura di non essere capaci, li ho visti stare zitti perché temevano di dire la cosa sbagliata. Ho pensato che è molto più semplice di quanto sembri, ma non lo sappiamo e mi ci metto dentro anche io che pure quel disagio e imbarazzo credo di averlo provato. Forse basta fare come i bambini, non serve sapere come fare, basta chiedere, come ha fatto Bianca con te, che è andata oltre la tua disabilità e ti ha chiesto il tuo nome. A volte bisogna avere pazienza, bisogna concedersi il tempo della sorpresa e lo spazio della conoscenza per incontrare davvero l'altro.

Bianca non l'abbiamo mai più incontrata, nemmeno la sua mamma e ho pensato spesso che era un vero peccato, che forse sarebbero bastate un altro paio di volte al parco insieme, due tiri a canestro o due scivoli che vi scompigliassero i capelli e magari sareste diventate amiche.

12
L'artista all'opera

Gli acquerelli sul tavolino in primo piano e tu seduta sotto la tenda verde del nostro bagno al mare. Indossi un costume due pezzi rosa fucsia con le frange e le perline annodate alla fine di ogni frangia. Ti piaceva da impazzire quel costume! I capelli legati in due codine basse e lunghe, e gli occhiali blu. Sei seduta scomposta con la gamba sul bracciolo, tieni in mano un pennello e ti dipingi sulla coscia una casetta rossa con il tetto azzurro. È la tua stagione preferita l'estate, perché non ha fretta.

Quel giorno avevi portato gli acquerelli in spiaggia. Tutti i bambini del bagno passavano incuriositi davanti alla nostra tenda e buttavano un occhio al tavolino per sbirciare quello che stavi facendo. Andavamo al Bagno La Bussola a Poveromo lungo la costa toscana vicino a Forte dei Marmi da diversi anni, a te piaceva quel tipo di vacanza. Stessa spiaggia, stesso mare, ma soprattutto stesse persone.

Ho sempre pensato che per te fosse un luogo rassicurante, perché gli ospiti del bagno ogni anno erano più o meno gli stessi, tu per loro eri semplicemente Emma e non la bambina con sindrome di Down, non avevi bisogno di spiegare nulla, di farti conoscere, di essere all'altezza di qualcosa. Avevi degli amici che ritrovavi ogni anno, soprattutto i ragazzi più grandi che erano particolarmente carini e accoglienti, con loro era tutto piuttosto semplice, capivano il tuo linguaggio faticoso e giocavano con te con spontaneità. I bambini più piccoli invece si dividevano in due tipologie: quelli intimiditi, che ti vedevano come una bimba particolare e non sapevano come comportarsi, e le stronzette, quelle nella vita non mancano mai. Non ti trattavano male, semplicemente non ti trattavano, eri per la maggior parte del tempo invisibile.

Il giorno degli acquerelli, invece, sei diventata all'improvviso interessante. Due bambine della seconda tipologia, dopo essere passate un paio di volte a fianco alla nostra tenda allungando il collo, ma tirando dritto, si sono poi avvicinate timidamente.

«L'hai fatto tu?» ti ha chiesto Elisabetta.

«Sì... io» hai risposto con orgoglio.

«Sei brava a dipingere!»

Tu hai sorriso contenta, anche le bambine che non ti filavano mai erano venute alla tua tenda a guardare quello che facevi.

«Mi dai un foglio?» si è fatta avanti Lucia.

«No!» rispondi secca senza esitazioni.

Sono intervenuta io: «Forza, Emma, dalle un foglio».

«Voglio disegnare anch'io...»

«Sì, Elisabetta, vieni anche tu a disegnare con noi».

«Mamma, ma dopo finisce...»

«Tranquilla, Emma, i fogli non finiscono. E se finiscono ne compriamo degli altri».

Elisabetta ha guardato il tuo foglio e mi ha chiesto: «Ma quanti anni ha?»

«Nove» hai risposto tu con prontezza, un po' infastidita che non lo avesse chiesto direttamente a te.

«Ah, nove?!» Elisabetta ha ripetuto la risposta con aria sorpresa.

«Perché, quanti anni credevi avesse?» ho chiesto io a quel punto, incuriosita.

«Pensavo che era più piccola...»

«Più piccola di te? O più piccola in generale?»

«Be' tutte e due...» Elisabetta parlava come se tu non fossi lì presente, come se tu non sentissi oppure non capissi. Lo fanno spesso anche gli adulti, ed è una di quelle cose che mi manda in bestia. Ero certa che in quel momento fossi irritata anche tu, ma davanti a una bambina porto sempre pazienza e provo a continuare il confronto.

«E perché pensavi fosse più piccola?»

«Be' perché in certe cose sembra piccola...»

«Per esempio?»

«Ehm... no no niente...» Elisabetta cercava di tagliare corto, un po' in imbarazzo. Chissà quante volte gli adulti le avevano ripetuto di non dire ad alta voce tutto quello che le passava per la mente.

«È perché Emma parla in modo un po' strano?» l'ho incalzata io.

«Sì, per quello...» ha risposto, quasi sollevata.

«E vorresti sapere perché? Puoi chiedermelo!» ho detto per rassicurarla.

«Sì, voglio saperlo!» ha risposto decisa e in qualche modo anche liberata, come fosse una domanda che aveva dentro da un po', ma che nessuno le aveva mai permesso di fare.

«Emma ha la sindrome di Down. Sai che cos'è?»

Lei ha abbassato la testa, in silenzio.

Allora io ho continuato: «È una sua caratteristica e a causa di questa sindrome fa un po' più fatica e ci mette un po' più tempo a imparare le cose, ma prima o poi imparerà a fare le stesse cose che fanno gli altri bambini». Mentre spiegavo a Elisabetta controllavo le tue reazioni, mi sembravi serena, in fondo ne abbiamo sempre parlato davanti a te con naturalezza. «Tutti noi abbiamo delle cose che ci riescono meglio e altre che non ci riescono proprio. Ecco, a lei le paroline fanno i dispetti, mentre è molto brava a disegnare. Non ti pare?»

«Sì, è proprio brava!»

«Conosci altri bambini come Emma?» le ho chiesto.

«C'è un altro bimbo a scuola, ma lui parla bene... È solo che... Boh, non so bene cos'abbia, però so che è *speciale* e dobbiamo avere pazienza con lui».

«Ora pensiamo a disegnare, che ne dici?»

«Sì dai... Emma, mi presti il rosso?»

Finalmente la bimba si era rivolta a te direttamente e avete iniziato un pomeriggio davvero divertente.

Il tuo disegno era bellissimo. Luca, un vicino di ombrellone, ti aveva aiutato a buttare giù uno schizzo prima che arrivassero le bambine, poi tu hai completato l'opera colorandolo con gli acquerelli. Era una sorta di autoritratto: una bimba con una camicia bianca e una gonna rossa, le lunghe trecce e un cane bianco a macchie marroni al guinzaglio. Assomigliava al cane del vicino di ombrellone. La bimba del disegno passeggiava presso un laghetto dove nuotava solitaria una paperella. Un cielo azzurro intenso e alberi verdi di sfondo completavano l'opera. Hai passato la giornata a colorarlo e rifinirlo in ogni minimo dettaglio, sempre più fiera di te. Ogni tanto alzavi gli occhi dal tuo capolavoro e ti guardarvi intorno per vedere se qualcuno veniva ad ammirarlo e a complimentarsi con te. Quel disegno lo abbiamo incorniciato ed è appeso ancora oggi nella tua stanza.

13
Dammi cinque, Papa

Tu e Papa Francesco che vi date il cinque è una di quelle foto che meritano di essere stampate, incorniciate e appese in casa. Siamo in Vaticano, la Fondazione PUPI *ha organizzato la Partita della Pace e per l'occasione siamo stati accolti in udienza dal Santo Padre con tanti amici. Hai un abitino bianco con un albero dal tronco grigio e i fiori rosa dipinti sul davanti, un cardigan grigio e le immancabili trecce. La tua mano incontra quella del Pontefice e intorno a voi tutti sorridono: io, papà, Giulia, Cesare e persino Padre Georg. Uno scatto iconico, non tanto per questioni religiose, ma per la potenza di quel gesto e la leggerezza della spontaneità.*

Incontrare il Papa metterebbe soggezione a chiunque. Persino tuo fratello Cesare era intimidito, rispettoso delle regole e delle raccomandazioni. Le ha puntualmente disattese tutte prima e dopo l'udienza, ma quando si è trovato davanti a Papa Francesco è stato impeccabile, si è preso la sua carezza, ha fatto il carico di sorrisi e gli ha stretto la mano.

Anche tua sorella Giulia, di solito estroversa e spavalda, davanti al Papa si è trasformata in una ragazza riservata con il cuore che batteva forte, non ha avuto il coraggio di avvicinarsi, gli ha solo puntato gli occhi negli occhi e ha raccolto uno sguardo amorevole. Chissà se si porta nel cuore la potenza di quell'incontro. Io sì, anche se lì per lì ho saputo solo piangere e perdermi l'occasione di parlargli e di abbracciarlo come in molti hanno fatto quel giorno. Io che la fede l'ho persa a vent'anni e che ogni volta che prova a bussare al mio cuore ci rinuncio per rabbia, ma che quando parla Francesco sento vibrare il cuore...

C'è chi ci teneva al selfie, chi gli ha portato un omaggio, chi si è fatto benedire un rosario, io avrei voluto solo un abbraccio, ma ho perso l'occasione.

Incontrare il Papa metterebbe soggezione a chiunque, dicevo, ma non a te, Emma. Tu sei a tuo agio in qualsiasi situazione, sai comunicare con tutti e nemmeno il tuo linguaggio dispettoso te lo impedisce, tu sai vivere qualsiasi esperienza qui e ora, cogli l'attimo senza perderti il meglio della vita. Provi a insegnarmelo da anni e prima o poi lo imparerò anche io.

C'è stato solo un attimo in cui eri preoccupata, quando hai realizzato che il Papa era argentino – come avresti fatto a parlarci? – ma ti ho rassicurata che ti avrebbe capita anche se parlavi in italiano. È bastato per farti tornare serena.

Quando ti sei trovata di fronte a lui, hai seguito

le raccomandazioni alla lettera. Ti avevo fatto una testa così su cosa potevi e non potevi fare. Lo hai guardato dal basso a distanza di sicurezza, gli hai preso la mano solo quando lui l'ha allungata verso di te e gli hai baciato l'anello come se conoscessi la procedura alla perfezione, ma lui ha sciolto le formalità e ti ha preso il viso fra le mani e ti ha guardata dritta negli occhi come pochi sanno fare, tu gli hai detto quello che avevi nel cuore e lui ti ha abbracciato stretta stretta. Il resto della famiglia un passo indietro, perché per tutti e quattro prima vieni tu, sempre.

Dopo che anche noi lo abbiamo salutato e abbiamo fatto la foto di rito, per te non era abbastanza, hai attirato di nuovo la sua attenzione e gli hai detto: «Ciao Papa!», lui ti ha regalato un sorriso spontaneo e ti ha risposto: «Ciao bella!» Non aspettavi altro, non aspettavi altro che capire che la tensione era sciolta, che potevi essere te stessa, che quello che avevi davanti a te era un uomo buono, un uomo semplice, il Papa di tutti, che per lui le formalità non contano davvero, che a lui quello che interessa è raggiungere il cuore delle persone. Così hai puntato di nuovo lo sguardo verso di lui, hai alzato la manina aperta e gli hai detto: «Dammi cinque, Papa». Lui senza esitare un attimo ha aperto la mano per batterti il cinque, ridendo di cuore. Papà Paolo, che come te sa godersi sempre il presente, ha incrociato gli sguardi del Pontefice e di Padre Georg, e per un attimo hanno riso insieme della tua spontaneità e di quel gesto informale, pieno di complicità e vicinanza. Ora sì che eri soddisfatta, hai abbassato gli occhi e sei tornata al tuo posto con un sorriso compiaciuto sulle labbra.

14
Smile

Ci sei felice e, intorno a te, ci sono ragazzi da ogni parte del mondo nell'auditorium della scuola. Indossi un paio di jeans e una T-shirt neri come tutti i tuoi compagni. In mano tenete dei cartelloni colorati con delle scritte: 'That smile looks good on you', 'Keep Smiling', *sul tuo c'è scritto semplicemente* 'Smile'. *E sì sorridete, con tutta l'energia di chi sta per vivere un'esperienza entusiasmante. È lo spettacolo di metà anno della scuola internazionale di Istanbul. Nella foto hai più di un sorriso radioso, non sei solo felice, ma anche molto fiera di te.*

Avevi dieci anni quando ci siamo trasferiti a Istanbul per una nuova avventura professionale di papà. Siamo arrivati a fine agosto, lui ci ha fatto trovare una casa bella e accogliente, i letti fatti, i piatti e i bicchieri lavati negli armadietti della cucina, le stoviglie pulite dentro i cassetti, e l'immancabile frigo pieno. Non dimenticherò mai la sua faccia al nostro arrivo, era sfinito dai due mesi di solitudine e dalle innumerevoli gite all'Ikea, e ho impressa negli occhi l'immagine di te che ti tuffi dal pulmino per saltargli in braccio, uno degli abbracci più avvolgenti che abbia mai visto.

Dalla finestra di casa vedevamo grattacieli, piscine, campi da tennis. Là funziona così per la maggior parte degli expat: si vive in compound che hanno tutto al loro interno, persino il supermercato. Sarà che cercano di illuderti che puoi vivere muovendoti a piedi, quando in verità si sta costantemente nel traffico. La città è bellissima, non solo la parte storica e il fascino del Bosforo, ci sono degli angoli meravigliosi, colori sorprendenti, contrasti tra tradizione e modernità inimmaginabili. È immensa, ci vivono sedici milioni di abitanti, qualcuno dice venti, ma anche fossero sedici bastano e si vedono tutti, soprattutto nelle tangenziali e nelle strade di città, stipati nelle auto in coda, nei metro, nei bus, nei traghetti o in coda ad aspettare il proprio turno per salire sul prossimo. Il traffico può essere insopportabile, ci si poteva mettere anche un'ora a percorrere uno dei due ponti che attraversano il Bosforo, che oggi sono diventati tre. In quei momenti pensi che Istanbul sia invivibile, ma quando arrivi lì sopra e vedi il mare che divide in due la città, ti manca il fiato per la meraviglia. Trovo straordinario quel pezzo di mare che spacca il mondo in due: è lì che finisce l'Occidente e inizia l'Oriente, lì che finisce l'Europa e inizia l'Asia, e Istanbul si offre in tutta la sua bellezza con palazzi, moschee e case private lungo la riva.

Mancava solo una pratica da sbrigare, dopo il nostro arrivo, la più importante: iscrivere i bambini a scuola. Trovare una scuola per te a Istanbul non è stato facile. Come dire? Non eri la benvenuta. Non ho capito se il problema fosse rovinare la foto nell'annuario scolastico con un'alunna con disabilità in mezzo a tutti quei bambini e bambine perfetti in divisa, belli e ricchi, provenienti da ogni parte del mondo, oppure se non avessero voglia di mettersi in gioco con una nuova esperienza piena di incognite. Forse tutte e due.

Non posso dimenticare le scuole che mi hanno detto senza tanti giri di parole: «*I really don't know how to accomodate her!*» Purtroppo quelli della British School non sapranno mai che una alunna come te non è un peso, un freno, ma piuttosto una risorsa per i compagni, non sapranno mai quanto sia importante per un insegnante sperimentare nuove strategie e aggiornare i metodi di insegnamento, a beneficio non solo dei ragazzi con fragilità, ma di tutti quanti. Ma per fortuna lo hanno imparato quelli della scuola in cui alla fine sei andata, una scuola internazionale americana, dove la direttrice non aveva strumenti o educatori specializzati, ma aveva le idee chiare su cosa volesse dire l'inclusione. Lei ha deciso che eri la benvenuta e che la scuola sarebbe uscita dalla propria comfort zone per adattarsi alle tue necessità, e non viceversa. Non eri tu a dover essere all'altezza della scuola, ma la scuola che doveva lavorare affinché qualunque alunno potesse sentirsi benvenuto, imparare e raggiungere il meglio delle proprie potenzialità.

Mi ero innamorata di quella scuola già dal sito internet, e l'avevo visitata qualche mese prima quando ero andata in avanscoperta. Stavano ancora ultimando i lavori di ristrutturazione, ma mi ero sentita a casa camminando per le classi. Il capo-cantiere, che mi aveva guidato in quel giro, mi aveva portato nell'orto e mi aveva regalato delle prugne e un peperoncino. Avrei dovuto seguire il mio istinto subito e cogliere i segnali forti che la vita mi stava dando e mi sarei risparmiata giornate tristi, mail discriminatorie e persone sgradevoli.

Il secondo giorno a Istanbul siamo andati di persona a visitare quella che sarebbe stata la tua scuola. Le classi erano colorate e accoglienti, il cibo organico, le uova fresche delle galline che vivevano nel cortile venivano raccolte ogni mattina dai bambini della materna. Abbiamo guardato negli occhi gli insegnanti e vi abbiamo trovato sogni ambiziosi e, nelle loro parole, prospettiva e progetti inclusivi. Abbiamo poi scoperto che era quel tipo di scuola che organizzava il pigiama day, e tutti, insegnanti compresi, per un giorno andavano a scuola in pigiama; ma era anche la scuola in cui alla consegna delle pagelle gli insegnanti ti offrivano una fetta di torta e ti dicevano una cosa in cui eri stato bravo o brava e una cosa da migliorare nel tuo percorso. Era la stessa scuola in cui c'era in classe un divano, ma non per far riposare i 'poveri bambini con disabilità' che si stancano spesso, ma per leggere un libro. In quella scuola 'inclusione' era un termine più ampio di quello che avevamo sperimentato fino a quel momento, lì il tema era la diversità, non la specialità, non si trattava di 'accomodare' una bambina con disabilità, ma di costruire un ambiente a misura delle tante diversità che quella scuola accoglieva, diversità etniche, religiose, culturali. Qui la tua diversità era piuttosto la lingua che non conoscevi, non la sindrome di Down, eppure alla fine dell'anno capivi tutto anche di quella lingua, perché gli insegnanti avevano trovato il modo per raggiungerti e tu il modo per farti coinvolgere. Non avevo mai capito, prima di allora, quanto l'essere voluti cambiasse tutto. Io sento di averti voluta; la tua prima baby-sitter ti ha voluta, mi ha chiesto di potersi occupare di te lasciando il suo precedente lavoro; la maestra delle elementari ti ha pretesa nella sua classe... Essere scelti cambia tutto, rende sereni e fiduciosi verso se stessi, verso la vita e verso l'altro. In fondo, non solo quando si ha la sindrome di Down.

I primi giorni ci sentivamo in vacanza e a voi ragazzi sembrava di frequentare il campo estivo, poi però è diventata la nostra vita. Ho vissuto per mesi in apnea: ogni giorno aspettavo il vostro ritorno e cercavo nei vostri visi un sorriso o una piega di preoccupazione, nelle vostre parole il nome di un nuovo amico, nel vostro sguardo il segno di una conquista o l'ombra di una delusione. Non potevo fare molto, se non tifare per voi, essere spettatrice fiduciosa delle vostre vite che si sviluppavano davanti ai miei occhi.

Settimana dopo settimana, maturava la certezza che avevamo fatto la scelta giusta perché voi eravate sereni. Era dura, certo, ma tornavate ogni giorno felici e pieni di storie da raccontare. Avevate compagni da ogni parte del mondo e vi eravate fatti degli amici prima ancora di imparare a pronunciare bene i loro nomi. Tu facevi tanta fatica con l'inglese e io mi tormentavo perché il linguaggio era sempre stato il tuo punto debole. In dieci anni, oltre alle infinite sedute di logopedia, avevi lottato tanto per farti capire dagli altri, non solo dai tuoi fratelli e dai genitori, e ora ti stavamo chiedendo di ricominciare da capo. Dovevi affrontare nuove fatiche, rispolverare il linguaggio non verbale, fatto di gesti ed espressioni, e trovare un modo per conquistare degli amici, anche se non ti capivano. Allora non potevo saperlo ma ti stavamo facendo un regalo, perché quella ennesima sfida ti avrebbe offerto grandi opportunità, ti avrebbe allenata a essere flessibile e a sviluppare nuove competenze comunicative che poi nella vita sarebbero diventate il tuo punto di forza.

L'immagine più vivida di te che ho in testa di questo anno a Istanbul è di un giorno davvero speciale di cui oggi mi piace regalarti il ricordo. Arrivata a scuola mi sono accomodata in palestra dove erano già pronte le sedie per il pubblico. Cercavo di non starti addosso e di guardarti da lontano, di vedere come ti muovevi. L'ho sempre fatto quando ti trovi in un ambiente nuovo, che non padroneggi, per vedere come te la cavi, per poterti poi dare dei consigli quando ti troverai lì da sola. Il groppo in gola mi è cresciuto minuto dopo minuto, ti ho vista lì in palestra insieme ai compagni che giocavano a una specie di palla avvelenata, tu volevi unirti a loro, ma in realtà li guardavi soltanto. Ti nascondevi dietro i compagni e ti appiattivi contro il muro.

Ti ho chiamata: «Emma, perché non giochi?»

«Ma io sto giocando, mamma...»

«Va' incontro alla palla, non avere paura! Anche se ti colpiscono, non importa. Gioca!»

Eri lì in mezzo a loro, ma non giocavi, schivavi la palla, ti ritraevi in un angolino. Dicevi qualche parola, ti vedevo muovere le labbra, probabilmente parlavi a te stessa, forse per darti coraggio.

Il groppo in gola è cresciuto minuto dopo minuto, non vedevo l'ora che iniziasse lo spettacolo, avrei potuto far finta di commuovermi e mimetizzare le lacrime di dolore con quelle di commozione. Le ho ingoiate come potevo e ho asciugato quelle che sono scappate al mio controllo. Ho chiacchierato con le altre mamme e gli insegnanti e ho cercato di distrarmi.

Finalmente è arrivato il momento, ero priva di aspettative, pronta a tutto perché sapevo quanto difficile fosse per te anche solo essere lì, quanto ti stessimo chiedendo papà e io, e quanto impegno servisse per preparare uno spettacolo in una lingua che non conoscevi e in un ambiente nuovo. Ho acceso la macchina fotografica e mi sono nascosta dietro l'obiettivo.

La musica è iniziata e tu eri in posizione come tutti gli altri, serena e sicura, al centro della fila, orgogliosa e felice. I ragazzi hanno cominciato la performance e alternato parti da singoli e corali, e quando è venuto il tuo turno hai fatto il tuo dovere nel migliore dei modi. Ti era stata assegnata una piccola parte, ma con cura e attenzione, e tu c'eri! Hai partecipato, hai cantato, hai ballato, hai seguito la coreografia in maniera impeccabile, sei andata a tempo, ma soprattutto ti sei divertita, ti sei goduta quel momento con i tuoi compagni.

Io ho potuto finalmente liberare le lacrime, le solite lacrime agro-dolci. Ho sentito l'attenzione degli altri spettatori spostarsi su di me, ho visto alcuni insegnanti cercare il mio sguardo per farmi un sorriso, ho sentito il loro affetto e la loro partecipazione.

Alcuni genitori erano stupiti che tu fossi lì e che te la fossi cavata alla grande, ma non potevo biasimarli perché in fondo lo ero anch'io. Io stessa non avevo creduto abbastanza in te, lo ammetto, mi ero fatta prendere dallo sconforto e dalla paura dopo averti vista in palestra prima dello spettacolo. Per un attimo avevo pensato di essermi sbagliata e che tu non saresti stata all'altezza dell'inclusione che pretendevo, volevo che tu fossi lì con tutti gli altri, che andassi in una scuola internazionale come i tuoi fratelli, convinta che avresti superato qualsiasi difficoltà. Lo volevo con tutta me stessa per te, ma probabilmente lo volevo anche per me, forse anche un po' per tutti i bambini e ragazzi con difficoltà. Ti stavo chiedendo troppo? Avevo alzato troppo l'asticella? Quel giorno avevo messo in discussione le mie certezze e invece mi avevi stupito, come sempre.

Ti ammiro profondamente, Emma, per tutto quello che sei in grado di fare ogni giorno, perché ho sempre creduto di essere io a doverti proteggere, difendere e fare le scelte giuste per te, invece sei tu che ogni giorno ti conquisti il tuo posto nel mondo. Non senza fatica, ma ti fai spazio e quel posto lo occupi. Oggi vedo tutte le potenzialità della donna che sarai, vedo tutto quello che alla tua nascita pensavo fosse impossibile, o che credevo fosse nelle mie mani, e invece ora riconosco essere pienamente nelle tue.

15
Il momento più difficile

È il fermo immagine di un video, un po' sgranato. Indossi la divisa della scuola di cui vai tanto fiera, il logo dell'istituto grigio e verde sul petto. Hai la mano appoggiata a una sedia su cui è appeso lo zaino di una compagna e fissi una persona davanti a te, dal basso verso l'alto, sembri sorpresa, come se avesse detto o fatto qualcosa che non capisci, che non ti aspettavi. Hai gli occhiali neri con le stanghette fucsia, e le trecce perfette, lunghe come non sono state mai, chiuse con degli elastici viola. Sullo sfondo la tua classe, le pareti colorate e i libri sulla libreria, i materiali per le attività didattiche sugli scaffali.

Qualche sera fa ero a cena con i nostri cari amici Andrea e Giulio e parlavamo di te. Sono entrati nella nostra vita esattamente alla tua nascita, hanno progettato e realizzato loro il terrazzo della nostra casa dove ti aspettavo il giorno in cui sei nata. Avevano finito da poco di allestirlo quando ho avuto le prime doglie. Quella mattina la ginecologa aveva detto che era ora di farti nascere perché non c'era abbastanza liquido amniotico, così aveva praticato la simpatica procedura dello scollamento delle membrane per indurre il parto. Io, Giulia e nonna Mara abbiamo atteso le doglie tra le azalee rosa fucsia che Andrea e Giulio avevano piantato per noi.

Non è mai servito dirsi tante cose con loro, ci siamo sempre capiti al volo, siamo stati vicini di casa per tanti anni e hanno visto crescere te e i tuoi fratelli giorno dopo giorno, hanno visto le nostre fatiche e le nostre gioie, intuito le nostre paure e le nostre speranze. Insomma, ci sono stati sempre.

L'altra sera Giulio mi ha fatto una bellissima domanda. A pensarci, in effetti, credo che non me l'avesse mai fatta nessuno, non per disinteresse, ma piuttosto per pudore o forse perché tra amici si cerca sempre di parlare di cose spensierate, soprattutto a cena davanti a un buon bicchiere di vino.

«Qual è stato il momento più difficile con Emma?»

Ci ho dovuto pensare, sai, perché anche per me è più semplice pensare ai ricordi belli e ai traguardi, ai compleanni, ai viaggi, alle recite di Natale, alle feste di fine anno della scuola, alle tue conquiste quotidiane, a come hai superato i tanti ostacoli della vita. Credo sia una sorta di istinto di sopravvivenza che ci spinge a selezionare quello che ci accade, io preferisco guardare alle occasioni che ci offre la vita piuttosto che a ciò che ci toglie. Ma è indubbio che di momenti complicati e dolorosi ce ne siano stati.

Da quando sei nata sono sempre stata iperattiva,

ho reagito abbastanza bene alla notizia della tua disabilità, papà e io pensavamo che un senso dovesse esserci e ci siamo rimboccati subito le maniche per fare tutto il possibile per prenderci cura della tua salute e farti crescere felice e autonoma. Mi sono messa in contatto con altre famiglie e ho cercato supporto da chi aveva figli e figlie più grandi di te, credevo che potessero offrirmi una prospettiva sul futuro, una speranza, indicarmi un sentiero battuto da seguire. E così è stato. La rete mi ha offerto tonnellate di informazioni, frequentavo blog, forum, siti di associazioni e terapisti, e ho studiato e imparato tutto ciò che potevo per poterti offrire le migliori opportunità possibili. Ero la tua terapista, la tua logopedista, la tua psicomotricista, ti accompagnavo dai vari specialisti e tenevo le fila di tutti i tuoi controlli medici, preparavo cartoncini plastificati con immagini e parole per insegnarti a leggere e scrivere, facevo corsi di potenziamento cognitivo per poterlo testare e poi eventualmente sperimentare su di te. Poi però sono scoppiata, ero sempre stanca, dormivo poco, perdevo di vista me stessa e rischiavo di togliere attenzioni ai tuoi fratelli che anche senza sindrome di Down avevano altrettanto bisogno di me.

Non si può fare da soli. Lo dico sempre alle neomamme e ai neopapà che incontro in associazione o intercetto nei gruppi Facebook: non provateci nemmeno a fare tutto da soli, lasciatevi aiutare, cercate appoggio! Ci sono decine e decine di associazioni, e ci sono specialisti sui territori a cui affidarsi. Noi dovremmo solo fare i genitori e goderci i nostri figli. L'ho imparato tardi, ma l'ho imparato.

È stato un periodo faticoso da cui sono uscita passo dopo passo, appoggiandomi alle persone giuste, ritrovando uno spazio per me come persona e recuperando il mio ruolo di mamma.

«È a quel punto che hai scritto il libro?» mi ha chiesto Andrea. È andata proprio così. Scrivere *Lo zaino di Emma* mi ha aiutato a uscire da quel periodo nero. Depositare tutte le mie fatiche fisiche ed emotive è stato davvero catartico. Forse è una parola difficile, Emma, ma non c'è una parola migliore per dirlo, e io con te non ho mai barato con le parole, mi sono sempre sforzata di usare quelle giuste, anche se difficili, al massimo te le spiegavo. Scrivere quel libro, il tuo libro, mi ha aiutato a liberarmi da tutti i pesi che avevo dentro. Ecco cosa significa, un po' come se avessi svuotato lo zaino che anche io portavo sulle spalle, grazie al racconto e alle parole.

Ma se devo pensare al ricordo più brutto che ho e il momento più difficile in assoluto di questi diciotto anni, non posso che pensare al primo e unico vero episodio di bullismo che hai subìto. A pensarci oggi, sento ancora montarmi dentro la stessa rabbia di allora.

Ero a scuola per un colloquio con i tuoi insegnanti e quelli dei tuoi fratelli, e una volta finito sono venuta a cercarvi nelle vostre classi. Le lezioni erano finite, ma vi avevo chiesto di aspettarmi in modo da tornare tutti insieme. Arrivata in classe vi ho trovato sconvolti. Giulia cercava di spiegare, ma si mangiava le parole. Era molto arrabbiata, non sapeva se urlare o mettersi a piangere. Le parole le uscivano sconnesse, alternate a versi, sbuffi e singhiozzi. Le ho chiesto di calmarsi e di spiegarmi. Tu avevi la testa bassa, indaffarata nel fare la cartella. Cesare era blu dalla rabbia, ti stava a fianco e cercava di aiutarti a infilare i quaderni nello zaino. Inveiva contro qualcuno.

«Vedrai quelle due domani!»

«Cosa è successo?» ho chiesto, intuendo già.

Giulia ha provato a calmarsi e a spiegare: «È successa una cosa davvero brutta, mamma. Finita la lezione sono venuta in classe di Emma a vedere se era già uscita e l'ho trovata in lacrime che fissava i suoi quaderni. Emma cercava di dirmi qualcosa ma non capivo: 'Colla... quaderni... mio astuccio...' Metteva in fila parole interrotte da lacrime e singhiozzi».

Ho spostato lo sguardo verso la maestra Nora che era serissima ed evidentemente molto arrabbiata pure lei. Non ha detto niente. Ha lasciato fare ai ragazzi.

«Domani glielo tiro io un ceffone a quelle...» si è sfogato Cesare.

«Tu non tiri proprio niente a nessuno» l'ho subito fermato. Un istante dopo gli ho chiesto di spiegarmi bene cosa era successo.

«Delle stupide bambine hanno svuotato un barattolo di colla sulle cose di Emma! Ecco che succede...» è intervenuta Giulia.

«Domani passeranno un brutto quarto d'ora» ha aggiunto la maestra.

Mi sono avvicinata e ti ho preso il viso tra le mani, ti ho asciugato le lacrime, ti ho baciata sulla fronte e ti ho rassicurato: «Emma, aggiustiamo tutto, non ti preoccupare, adesso raccogli le tue cose e andiamo a casa!»

Tu hai cercato di dire qualcosa, ma hai soffocato tutto in un sospiro. Ti sei lasciata accarezzare il viso e soffiare il naso e poi hai ubbidito, come in famiglia sai fare solo tu.

Giulia mi ha guardato come a dire: 'Come fai a stare calma?' Aveva gli occhi pieni di lacrime.

Mentre la maestra Nora puliva il banco io ho cercato di salvare il possibile dei tuoi quaderni, ho buttato via i fogli incollati, ti ho consegnato dei libri e ti ho chiesto di portarli nel locker, ho dato a Giulia il tuo zaino pronto e affidato a Cesare la tua giacca. Li ho rassicurati come potevo e li ho invitati ad avviarsi alla macchina, perché io dovevo parlare ancora un attimo con le maestre.

Giulia se n'è andata borbottando: «Che stronze...» Io l'ho fulminata con lo sguardo, ma la conoscevo e leggevo nei suoi pensieri la voglia di spaccare la faccia a quelle ragazzine che si erano permesse di fare quello che avevano fatto a sua sorella.

Intanto ti ho raggiunta al locker, ti ho aiutata a vestirti e ti ho accompagnata alla macchina. «Aspettami qui con i tuoi fratelli».

Sono tornata dalla maestra Nora per capire meglio cosa era accaduto, ma era anche lei senza parole, con una buona dose di rabbia che sentiva il bisogno di controllare. Mi chiese il tempo di raccogliere le idee, di parlare con le bambine e le loro famiglie e poi ci saremmo confrontate anche con il preside e la psicologa che seguiva gli alunni della scuola.

Mezz'ora dopo eravamo tutti in macchina sulla strada del ritorno. Eravate tutti silenziosi. Tu incredibilmente tranquilla, sembrava che non stessi più pensando all'accaduto, ma quando ti ho chiesto: «Come stai?» sei tornata ad abbassare gli occhi.

«Emma, vedrai che si sistema tutto!» ti ha detto Giulia.

«Domani *red-car* a quelle due!» hai risposto.

«Sì, una red card non gliela leva nessuno!» ha aggiunto Cesare senza distogliere gli occhi dal suo iPad.

È durante quel viaggio in auto che abbiamo scoperto il resto. «Ma Emma, con te quelle bambine si comportano sempre così?» ha chiesto tua sorella.

«Sì, sono antipatiche» hai detto tu a testa bassa.

«E cosa ti dicono?»

«A volte mi picchiano, mi danno i pizzicotti...»

«Ma sei sicura? I pizzicotti?»

«Le sberle!»

«Le sberle o i pizzicotti?»

«Sono brutte e basta...»

E hai chiuso lì, ti stava venendo di nuovo da piangere, quindi Giulia ha smesso e ti ha stretto in un abbraccio. Aveva il cuore colmo di rabbia, mentre cercava di mandare giù il nodo che aveva in gola. Ha preso il telefono e guardato i social. Credevo lo avesse fatto per distrarsi, invece il pensiero non si schiodava da quelle due ragazzine: stava guardando i loro profili Instagram, le avevano chiesto di seguirle proprio un paio di giorni prima. È lì che ha scoperto il video. È rimasta pietrificata davanti allo schermo, cercava di rimandare indietro altre lacrime che volevano uscire a fiumi, incredula di quello che stava vedendo e leggendo. Come si poteva essere tanto cattivi?

Si è tenuta tutto dentro, finché siamo arrivati a casa. Quando siamo rimaste sole io e lei, mi ha mostrato il video che quelle bambine avevano postato su Instagram: c'eri tu in classe e una delle due ti tirava uno schiaffo, delle voci in sottofondo scoppiavano in una risata. Una caption ti prendeva in giro miseramente. Mi è mancato il fiato. Ho abbracciato Giulia e, per mantenere la calma facendo qualcosa di pratico, mi sono messa a preparare la cena. Era la prima volta che qualcuno ti trattava male in undici anni, non era mai successo in modo così diretto e crudele, ricordo situazioni in cui eri stata esclusa, compleanni a cui non eri stata invitata, altre situazioni dolorose, ma mai qualcuno ti aveva messo le mani addosso, deriso pubblicamente e mancato di rispetto così. Il fatto che fosse accaduto a scuola, in un contesto che mi aspettavo protetto, mi sconvolse profondamente. Come avessi preso consapevolezza che non avrei potuto proteggerti mai del tutto dal mondo e dagli altri. Tutto l'ottimismo che mi aveva accompagnato in questi anni e la certezza che la nostra famiglia sarebbe stata il tuo scudo protettivo che si attiva al bisogno come in un film di supereroi svanirono in una manciata di ore.

Voglio che tu sappia che nessuno ha restituito quello schiaffo alle due bambine che ti avevano bullizzato. Voglio che tu sappia che il giorno seguente tutta la scuola si è occupata della questione. Voglio che tu sappia che le due bambine hanno avuto una red card e che il video è stato immediatamente rimosso. Voglio che tu sappia soprattutto che hanno capito ed erano molto dispiaciute per quello che avevano fatto. A me non sono mai diventate simpatiche, non sono mai riuscita a digerire l'episodio. Però ho avuto tenerezza per loro e per le loro storie, avevano storie difficili alle spalle che non conoscevamo e che forse non ci hanno aiutato a dimenticare, ma a perdonare sì.

Quell'episodio è stata l'occasione per lavorare con la tua classe sul tema della disabilità e della diversità. Le insegnanti si sono impegnate tanto in quei primi mesi di scuola per convincere i tuoi compagni che non eri diversa da loro, ma non aveva funzionato.

Realizzammo che avevamo tutti affrontato l'argomento in modo sbagliato. Dire ai compagni che tu non eri una bambina diversa dagli altri era una bugia. I bambini vedevano che eri diversa: diversa perché parlavi in modo strano, perché avevi dei tratti somatici particolari, e perché facevi più fatica di loro in moltissime cose, quasi tutte. Infine eri diversa perché venivi gestita dagli insegnanti in modo diverso. I compagni lo dicevano chiaramente alle insegnanti: «Ci dici che è come noi, poi tu la tratti in modo diverso: hai più pazienza quando combina qualche pasticcio, le dai tre avvertimenti invece di uno prima di metterle una nota o darle una punizione, quando ci fa un dispetto dobbiamo capire, ci può mettere più tempo a mangiare o a tornare dal bagno...» Più veniva detto ai tuoi compagni che eri uguale a loro, più si allungava la lista delle lamentele. Più cresceva il senso d'ingiustizia e di gelosia, più si allontanava il momento in cui entravi davvero in relazione con loro. I bambini per esempio provavano un profondo senso di ingiustizia quando tu prendevi lo stesso voto loro con una verifica diversa.

Le insegnanti dovevano trovare il modo di spiegare a tutti voi la differenza tra 'equo' e 'uguale': non si trattava infatti di essere trattati tutti in modo uguale, ma in modo equo rispetto alle vostre caratteristiche. Se il compagno con disabilità o con difficoltà di apprendimento riesce a completare senza errori la verifica preparata per lui o per lei e calibrata sulle sue competenze e possibilità, merita il dieci, come tutti i compagni che ottengono il massimo nella loro verifica. Questo significa essere equi. Essere trattati in modo diverso a volte è giusto, è un concetto difficile da spiegare ai bambini, lo è stato anche con te e i tuoi fratelli, a dire il vero, ma è un punto fondamentale che da adulti li renderà certamente uomini e donne più giusti e rispettosi di tutte le diversità.

Con le insegnanti e la psicologa della scuola decidemmo che era meglio dire che eri diversa e aggiungere che essere differenti è una caratteristica dell'essere umano, che tutti noi siamo diversi, per molte ragioni e in molti modi, che ognuno ha la sua storia, ognuno ha le sue fatiche, e anche i comportamenti strani hanno delle ragioni, che la diversità mano a mano che la conosci mette meno a disagio.

Non è semplice e io lo so bene, l'ho vissuto sulla mia pelle, negare la tua diversità è quello che ho fatto per alcuni anni dopo che sei nata: «Emma è come tutti gli altri» mi ripetevo come un mantra rassicurante. Certo che lo eri, ma eri anche particolare, e finché non ho cominciato a vederlo non ho imparato a conoscerti, a rispettare chi eri e amare profondamente la tua unicità.

Essere diversi ha in sé qualcosa di potente, perché essere diversi è quello che ci definisce come persone e ci rende unici. Forse era questo che andava insegnato ai bambini. Andavano accompagnati a scoprire cos'è quell'unicum che rende speciali ognuno di loro e che li rende diversi gli uni dagli altri, pezzi differenti e straordinari di un unico puzzle.

Ho pensato a lungo se inserire anche questo ricordo tra quelli che ho raccolto per te come dono di compleanno, e alla fine ho deciso che era giusto che ci fosse. La vita è fatta di gioie e dolori, di buoni e cattivi, di amore e odio, ma anche delle mille altre sfumature che stanno tra estremi opposti, e tutto quello che ci capita definisce chi siamo, ci scolpisce come fa lo scultore con il marmo a suon di martello e scalpello, o se preferisci come fanno il vento e le onde che levigano gli scogli.

Quello che è certo è che tutti noi siamo il frutto delle esperienze che abbiamo vissuto. Io non so se tu abbia memoria di questo episodio e se ricordi quelle due bambine, ma sono certa che sei la donna che sei anche grazie a quell'incontro, grazie a come abbiamo affrontato quel momento difficile insieme a papà, a tua sorella e a tuo fratello, grazie alle tue insegnanti che hanno colto l'occasione per farne qualcosa e per affrontare insieme alla classe e agli altri bambini della scuola il tema della diversità.

16
Una vita da pugile

Ridi e guardi in camera decisa. Hai il caschetto protettivo rosso, i guantoni da pugile infuocati, indossi canotta e pantaloncini sportivi. Sei pronta per il combattimento! Dietro di te un ring, sembra un gonfiabile ma è un vero e proprio quadrato cinto da un triplice ordine di corde per allenamenti e incontri di boxe. La scuola ha organizzato questa attività extra-scolastica e tu sei felice di sperimentare uno sport nuovo. Sei carica e pronta a saltellare sul ring e tirare pugni, per te è tutto qui, ma io penso a questa immagine come al simbolo del nostro anno francese.

Ricordo tantissimi primi giorni di scuola in questi anni, tutti con le stesse domande nel cuore: come saranno i compagni? Saranno gentili con Emma? E gli insegnanti? Ci sarà il sostegno? La mia bambina riuscirà a farsi degli amici? Avrò scelto la scuola giusta per lei?

Ho provato queste emozioni tutti i tuoi primi giorni di scuola, e di primi giorni di scuola ne hai avuti molti visto il nostro vagabondare per il mondo. Sarei venuta a scuola con te se avessi potuto, mi sarei messa in un angolino, mi sarei fatta piccola piccola per poterti sostenere e preservare da dispetti, sconfitte, frustrazioni e chissà cos'altro. Ma per fortuna non è stato possibile, e tu te la sei cavata benissimo anche senza di me. Le difficoltà sono state tante, non si può negare, ma ogni anno mi hai sbalordito, mi hai rassicurato giorno dopo giorno fino a farmi mettere l'animo in pace e guardarti crescere e fare progressi. Da tutte queste esperienze ho imparato che sei sempre tu a guidarmi nella giusta direzione e sarai sempre tu a fare la differenza nella tua vita.

Hai iniziato la tua avventura scolastica al nido quando avevi poco più di un anno e in questi diciotto anni hai cambiato sette scuole: nido, materna, elementari, medie, superiori, la scuola americana di Istanbul e la scuola francese a Nantes. Hai sperimentato diversi sistemi scolastici e incontrato decine e decine di insegnanti, centinaia di bambini, altrettanti genitori. In questo spicchio di universo hai imparato tanto da ognuno e hai piantato un seme nel cuore di ciascuno. È un seme che parla di sorpresa, di basse aspettative che cambiano rotta, di punti di vista ribaltati, di meraviglia, di fiducia, di determinazione, di coraggio. Sono certa, Emma, che tu abbia cambiato lo sguardo di tutte le persone che hai incontrato, abbia scardinato i loro pregiudizi e abbia contribuito a rendere il mondo che ti circonda un posto più accogliente e più inclusivo.

Sia chiaro, il tuo nome potrebbe essere sostituito da quello di un altro bambino o un'altra bambina con disabilità. Non tu perché sia particolarmente speciale o dotata, no... tu in quanto persona a cui è stata data un'occasione. È questo che semina ogni persona con disabilità nel suo contesto sociale, se gli viene offerta l'opportunità di esprimersi e di essere parte di qualcosa. È questa la grande rivoluzione dell'inclusione.

Tu hai avuto la possibilità di cambiare i paradigmi degli ambienti che hai frequentato, anche i meno accoglienti, e in quegli incontri ti sei scolpita come persona. Penso che sia proprio la scuola il luogo in cui a piccoli passi potremo cambiare questo nostro mondo che si fa sempre più ostile e meno umano. È un mondo che ha bisogno di imparare a convivere con la diversità, di frequentarla, di prendere confidenza con tutte le sfumature della natura umana. I compagni di scuola di voi bambini e ragazzi con disabilità lo imparano da piccoli ed è preziosissimo, più di quanto ci rendiamo conto, e sono certa che saranno adulti migliori di quanto non siano stati quelli che non li hanno avuti.

Io non ho avuto a scuola un compagno con disabilità, e infatti il mio primo incontro con la diversità è stato molto rigido: imbarazzo e disagio sono state le prime emozioni che ho provato davanti a un mondo che non conoscevo e credo sia quello che provano tutti all'inizio. Non è una colpa. Poi sei arrivata tu a insegnarmi tutto! Mi hai aperto gli occhi sulle mille sfumature dell'umanità, in un mondo ossessionato dalle performance e dalla velocità, hai scandito un ritmo diverso, mi hai insegnato la pazienza, l'empatia e la lezione più importante di tutte: ognuno di noi vince quando ha dato il massimo, non quando è arrivato primo.

Non è sempre stato facile in questi anni, a dire il vero, a volte è stata dura, a tratti impossibile, ma siamo arrivati quasi alla fine del tuo percorso scolastico, con un bagaglio di competenze ed esperienze che ti serviranno ad affrontare la vita e ti aiuteranno ad andare incontro al mondo del lavoro con slancio, come è nella tua natura, ma anche con una valigia degli attrezzi piena di strumenti.

L'esperienza nella scuola francese la metto sotto la categoria 'è stata dura', nonostante il nostro anno in Francia sia colmo di ricordi belli. Forti dell'esperienza in Turchia abbiamo deciso che tu e i tuoi fratelli avreste frequentato una scuola francese. Quella italiana all'estero poteva essere una soluzione, forse per te la più facile, ma io credevo fermamente che dare ai miei figli l'opportunità di sperimentare un nuovo sistema e di imparare una nuova lingua sarebbe stata una cosa di cui un giorno ci avreste ringraziato. Significava anche mettervi fuori dalla comfort zone e ricominciare da capo ogni volta, e infatti non è stato per niente facile. A volte penso che siete diventati dei ragazzi così flessibili e resilienti anche per questi anni di formazione nella palestra della vita, per tutte le volte che avete dovuto ricominciare e rimettervi in gioco: non solo nuove lingue, nuovi metodi, ma anche nuove relazioni, nuovi ambienti.

Il sistema francese prevede che gli alunni con disabilità frequentino delle scuole speciali, dove oltre a un percorso scolastico su misura, gli alunni possano essere seguiti anche dal punto di vista terapeutico e riabilitativo. C'è chi li considera degli ambienti protetti, che rispettano le difficoltà dei bambini, io invece la chiamo segregazione.

Nella nostra scalcagnata scuola italiana gli alunni con disabilità, anche grave, vanno a scuola con gli altri. Per anni si è chiamata integrazione, stavano nella stessa classe e in qualche modo ci si arrabattava, poi si è cominciato a fare inclusione, a lavorare sul contesto e creare delle dinamiche di classe in cui l'alunno con disabilità facesse davvero parte del gruppo e portasse i suoi valori e contributi. Una rivoluzione che il resto del mondo guarda con ammirazione, siamo infatti i primi al mondo ad averlo fatto, siamo i primi ad aver scritto una legge perché questo processo fosse normato. Il nostro non è un sistema perfetto, anzi, abbiamo gestito molti passaggi di questo processo in perfetto stile italiano, ma a quasi tutti noi adulti cinquantenni e le generazioni successive è capitato di avere in classe un alunno con disabilità e questo ha avuto un grande impatto nel nostro bagaglio di esperienze e nella nostra formazione.

L'istituto non era un'opzione per te, l'ho messo in chiaro ancor prima di arrivare in Francia, avevo studiato il modello scolastico, la normativa e parlato con diversi genitori, amici di amici, che avevano i figli che frequentavano la scuola francese. Questa è la potenza della rete: quella cosa che inizia con una mail o una telefonata e poi ti apre nuove strade, ti fa scegliere la destra o la sinistra ai bivi o ti fa prendere strade secondarie, anche non asfaltate, fino poi ad arrivare a destinazione con il supporto di mappe, bussole e tutti gli strumenti necessari per orientarti.

Ho enorme gratitudine verso chi ha battuto la strada prima di me. In questi anni ho incontrato tante persone, specialmente genitori di bambini o bambine con disabilità, e sono stati dei punti di riferimento insostituibili.

Ho scoperto così che la scuola francese accoglieva alunni con disabilità anche nel sistema scolastico regolare in quelle che chiamano unità localizzate per l'inclusione scolastica, altrimenti dette ULIS, e che io chiamo classi speciali. Questo sono! Ho capito che era la scelta migliore che potevo fare per te, o meglio... la meno peggio. Ho iniziato un percorso accidentato di relazioni con la scuola che con grande facilità aveva trovato un posto per Giulia e Cesare, ma non sapevano se avevano posto per te. Parallelamente ho ricominciato il percorso di accertamento dell'handicap, come lo chiamano ancora in quel paese che sembra essere campione del mondo nei diritti umani, ma non in quelli delle persone con disabilità. Alcuni giorni covavo grande rabbia per tutte quelle carte che dovevo compilare, gli appuntamenti con l'ente preposto, le infinite traduzioni giurate di documenti, altri mi veniva da ridere, non sia mai che prendendo un aereo dall'Italia alla Francia il tuo cromosoma in più fosse rimasto impigliato da qualche parte e si scoprisse in Francia che tu non fossi più una ragazza con disabilità. Ma davvero non c'è un modo per risparmiare a una famiglia questo processo? Davvero non c'è modo di far valere un documento come questo da un paese all'altro? Pare proprio di no, Emma, dunque abbiamo rifatto tutto da capo, insieme.

Con tutte le scartoffie burocratiche a posto, qualche mail al veleno e un po' di pressione dall'azienda di papà che ci ha supportato, alla fine il posto per te nella classe ULIS è saltato fuori. Quando ho visitato la scuola però mi si è crepato il cuore. La vostra classe era l'ultima del corridoio, laggiù in fondo, per non disturbare. All'interno dell'aula hanno ricavato delle micro-stanze per lavori uno a uno, insegnante e alunno, e una cucina. La cucina e l'orto erano la punta di orgoglio del preside, peccato che nell'orto ci andassero a fare le attività solo gli alunni dell'ULIS, e che le torte fossero puro intrattenimento di alunni a cui si rinunciava a insegnare qualcosa in più delle basi del leggere, scrivere e far di conto.

Tu alla fine ti divertivi a fare le torte, ma io ero arrabbiata, volevo che a scuola avessi l'opportunità di imparare, non di essere intrattenuta. Il sistema francese prevedeva anche una grande 'concessione': gli alunni dell'ULIS potevano avere accesso alle classi regolari per alcune ore, come fosse una prova, un'esercitazione. In sostanza gli alunni con disabilità a seconda delle loro competenze frequentavano alcune materie nella classe ordinaria. Alla luce della tua esperienza nella scuola inclusiva italiana, ti hanno concesso di frequentare ginnastica, scienze e spagnolo nella classe sesta, con i bambini di un anno meno di te. Ti sei ambientata benissimo con i tuoi compagni e hai brillato in spagnolo, in fondo avevi un anno di vantaggio per averlo studiato in Turchia. Ma mi rimarrà sempre l'amarezza della foto di classe di fine anno: hai potuto essere nella foto dell'ULIS, ma non in quella della sesta, a dimostrazione che non era mai stata davvero la tua classe, che eri solo in prestito, che eri considerata un'ospite.

Ricorderò sempre l'ultimo giorno di scuola, quando sono venuta a prenderti in classe per salutare tutti. Sapevamo già che l'anno dopo non saremmo rimasti e quindi non si trattava di un arrivederci, hai salutato tutti con grande commozione e poi hai percorso il corridoio con molta sicurezza e ti sei fermata davanti alla classe sesta, a cui tu invece sentivi di appartenere, hai bussato con coraggio e dignità, hai aperto la porta e nel fragile francese che avevi imparato hai fatto il tuo discorso di addio: hai salutato, hai ringraziato e hai detto che tornavi in Italia. Quel giorno ho ingoiato lacrime di dolore miste a fierezza, come mi è capitato tante volte in questi diciotto anni.

Nell'anno francese avrei dovuto indossare i guantoni troppe volte, ma il ricordo più vivido che ho è di quando ho deciso di non farlo, di non lottare e di subire un pregiudizio e una discriminazione in qualche modo passivamente. Una novità per me. L'ho fatto per il tuo bene? L'ho fatto per me? L'ho fatto per la nostra famiglia? Non saprei dirlo, ma quel che so è che arriva un giorno in cui si è stanchi e si capisce che è il momento di fermarsi e di fare economia delle proprie energie, che non sempre salire sul ring è la soluzione migliore e che forse è meglio conservare le risorse per il prossimo incontro.

Quando in una famiglia c'è una persona con disabilità, ogni giorno si deve lottare per qualcosa: un certificato medico, un riconoscimento d'invalidità, un posto in una scuola. Facciamo ricorsi per ottenere più ore di sostegno, lottiamo perché i nostri figli non vengano portati fuori dalla classe, per spiegare chi sia il nostro bambino a un compagno, lottiamo perché vengano trattati come ragazzi o adulti e non eterni bambini, lottiamo contro medici ignoranti che parlano di tuo figlio usando il pronome 'loro', lottiamo contro le basse aspettative per far capire ai datori di lavoro che possono assumerli perché portano valore e non per fare beneficenza e a volte purtroppo lottiamo contro vere e proprie forme di bullismo e discriminazione.

Se dovessi fare un bilancio di questi diciotto anni, posso dire di avere vissuto molti momenti sereni, picchi di gioia davanti alle tue conquiste, quotidiani istanti di felicità grazie al tuo carattere gioioso e positivo e di aver riso molto grazie al tuo senso dell'umorismo, ma se mi guardo indietro vedo anche una mamma che ha sempre sollevato scudi e inforcato armi bianche per fare battaglie: ho scritto mail di protesta, convocato riunioni, sollevato questioni e ho camminato al tuo fianco 'armata' per sostenerti nel conquistare un posto nel mondo. Sicuramente le caratteristiche della nostra vita familiare con continui cambi di paese e di scuole hanno contribuito a complicare le cose, ma credo che questo genere di fatica sia una caratteristica intrinseca a qualsiasi famiglia in cui ci sia una persona con disabilità.

Nell'episodio che ti sto per raccontare è stato il momento di abbassare la guardia, togliersi i guantoni e fermarsi. Avevi ricevuto la circolare per una gita scolastica in Spagna, una gita organizzata per gli allievi del corso di spagnolo della classe in cui facevi inclusione. Sei giorni in Spagna per un viaggio di studio in famiglia, un'esperienza meravigliosa che tu, abituata a gite di una settimana da quando avevi otto anni, avresti potuto affrontare serenamente. La tua iscrizione però è tornata indietro insieme all'assegno per il pagamento del contributo. Le scuse sono quelle ridicole che noi genitori ci sentiamo ripetere spesso, e che nascondono invece un'altra verità, scomoda, che nessuno ha il coraggio di dire chiaramente: 'Non è una gita della classe di Emma', 'Non c'è più posto in autobus', 'La sistemazione in famiglia è complicata'. Poi è arrivata quella ufficiale: 'Dobbiamo lavorare con dei freni che deploriamo, ma che sfortunatamente fanno parte del ritardo del nostro paese nell'accoglienza della disabilità'. Suonava più o meno così l'ultima riga della mail di risposta quando ho chiesto spiegazioni.

La verità è che non ti volevano. Incomprensibile per te che nella vita ti sei sempre sentita voluta. Inaccettabile per me che dell'inclusione ho fatto una missione. L'ho detto alla dirigente della scuola che le rivoluzioni e i grandi cambiamenti non piovono mai dall'alto, ma quasi sempre sono la conseguenza di piccoli atti di coraggio di singoli individui che credono nel valore dell'equità e del rispetto, che intravedono un'ingiustizia e si rimboccano le maniche in prima persona perché quella non si ripeta. Non basta deplorare i freni, c'è bisogno di premere il piede sull'acceleratore!

Il giorno del rifiuto io covavo rabbia, mentre tu mi hai mostrato un altro approccio possibile. Sei uscita da scuola con la faccia triste, evidentemente triste, ma appena mi hai visto hai indossato un sorriso forzato, credo per non deludermi, hai sventolato la scheda d'iscrizione per la gita e l'assegno e mi hai detto: «Mamma, non si può!» Salita in macchina mi hai preso la faccia tra le mani, per consolarmi (tu a me!), e mi hai detto: «Sì, è una cosa brutta, mamma, ma non importa!» E poi hai aggiunto con il tuo sorriso radioso spazza nuvole e brutti pensieri: «Ce ne andremo a New York io e te, che ne pensi?»

Poi hai chiamato papà e hai annunciato serena: «Niente gita, papà, per me!» E lui che ha il tuo stesso carattere ti ha risposto: «Ti ci porto io in Spagna!» Ed è finita così, con te che hai incassato una delusione, che ti sei fatta carico anche delle mie frustrazioni, e che hai chiaramente dimostrato quanto tu sia cresciuta e maturata al punto da chiedermi di non tirare su un casino. Non ne avevi voglia nemmeno tu quella volta.

Da parte mia mi sono riconosciuta stanca e ho voluto accogliere con tenerezza la mia stanchezza, comprenderla e consentirmi di fermarmi. Ho colto i tuoi segnali e compreso che tu non hai sempre voglia di battagliare e vedere tua madre piantare casini. Io ero tormentata perché mi sembrava di rinunciare a difenderti e, dopo giornate passate a scrivere e cancellare mail, a fare riflessioni, a scambiare opinioni con chi questo paese lo conosce meglio di me, ho deciso di fermarmi, per quella volta, di non lottare e di prendere fiato. Sì, stavi subendo un'ingiustizia, ma dovevamo tenere le energie per altro, perché qualcosa d'altro arriva sempre, ma soprattutto perché me lo stavi chiedendo tu, con tanta consapevolezza e volontà, dicendomi a modo tuo una grande verità: la soluzione non è sempre la guerra.

È stato anche l'anno in cui ho scoperto di avere un tumore al seno. Te la ricordi la pallina velenosa, Emma? L'avevamo chiamata così io e te, perché in quell'anno tanto complicato dapprima avevo pensato di non dire nulla a te e ai tuoi fratelli, poi avevo trovato una narrazione a vostra misura.

Proteggervi dalla vita è l'istinto primigenio di ogni genitore, preservarvi dal male del mondo. Eppure voi figli a volte siete più maturi di quanto non immaginiamo. Passiamo la vita a coprire gli spigoli dei mobili con le mani quando cominciate a camminare e a girare impazienti per la casa, vi urliamo «Stai attento!» quando correte al parco per paura che inciampiate nella natura e vi sbucciate le ginocchia. Eppure sbucciarsi le ginocchia è il meglio che la vita vi possa offrire, perché saranno quelle cadute a farvela conoscere, a insegnarvi come affrontarla, a definire il vostro carattere. Caduta dopo caduta, a volte anche a carissimo prezzo, metterete insieme la valigia degli attrezzi che vi servirà nella vita.

È stato proprio questo il tuo anno francese, un anno sul ring, ma un anno che ha contribuito a scolpire la donna che sei oggi.

17
Un compleanno su Zoom

Sei seduta su un puff rosso. A destra Giulia, seduta per terra, il tuo braccio intorno al suo collo. A sinistra Cesare, un po' rigido con le mani lungo i fianchi e tu gli cingi la vita con l'altro braccio. Davanti a voi un pc e la tv su cui è proiettata la schermata del pc, tanti piccoli rettangolini che contengono sorrisi. C'è chi si è organizzato con sfondi hawaiani e occhiali con i fenicotteri, chi è arrivato con la chitarra per cantarti una canzone, chi ha portato anche il cagnolino alla festa. Per terra i coriandoli sparati poco prima, i regali sul mobile della tv, i palloncini con le lettere gonfiati a fiato che compongono la scritta 'Happy Birthday'. *È tutto pronto.*

I giorni che precedono il tuo compleanno sono sempre sottosopra. Come se mi mancasse l'equilibrio, come se avessi perso l'agenda, come se il telefono fosse finito in lavatrice, dimenticato nella tasca dei jeans, come se avessi perso tutte le rassicuranti *to do list* e i miei preziosi promemoria. Mi sento disorientata, giro a vuoto, non so dove mettermi.

Il tuo non è un compleanno qualsiasi, ogni anno

rinasci di nuovo e io rivivo tutto da capo. Le aspettative dei mesi di gravidanza, la nascita, l'incontro, il disorientamento, la gioia, le paure, il dolore, le promesse.

Ne abbiamo festeggiati tanti di compleanni e ogni volta è sempre la stessa storia: la malinconia, il magone, il malessere dei giorni prima e poi la gioia che esplode nel giorno della tua festa. Trovo pace solo nell'organizzare i festeggiamenti, mi riposiziono emotivamente tra torte, palloncini, pacchetti, inviti, decorazioni, mentre mi ripeto come un mantra: 'Va tutto bene, sarà festa di nuovo'.

Il 2020 è stato tutto diverso, non si poteva festeggiare, eravamo chiusi in casa da mesi, voi non andavate a scuola, le relazioni erano ridotte a zero. La nostra casa l'8 maggio è sempre stata un viavai di amici e parenti, ma quell'anno sarebbe stata vuota.

Il giorno in cui hanno annunciato la chiusura delle scuole a casa nostra è stata una festa. A pensarci oggi, con tutto quello che è accaduto dopo, rabbrividisco. Voi ragazzi ballavate, cantavate, vi abbracciavate, ignari di quanto sarebbe durato e che un giorno avreste detto: «Ci manca la scuola».

Quando vivevamo a Istanbul c'era una norma che prevedeva che nei giorni di neve non si andasse a scuola, i cosiddetti '*snow days*' erano i giorni più attesi dagli studenti turchi per conquistare una vacanza extra. L'annuncio del Presidente del Consiglio quella sera di febbraio è stato accolto in famiglia come una settimana di neve: scuole chiuse, tutti a casa dietro le finestre a guardare la meraviglia della natura che fa il suo corso, inconsapevoli del dramma che si stava consumando.

Tu, Giulia e Cesare siete tre universi distinti, avete in comune solo le radici e qualche dettaglio di DNA, per il resto siete differenti in tutto, dal colore di capelli all'approccio alla vita. Al lockdown avete reagito in modo molto diverso. Giulia era serena, ha partecipato alla scuola online con rigore, ha riordinato la sua stanza, fatto decluttering nell'armadio e riorganizzato lo spazio, guardava serie tv e chattava con le amiche. Cesare non ha avuto le video lezioni, ha fatto una inutile scuola asincrona. Faceva il minimo indispensabile e appena poteva scappava davanti alla PlayStation, ai video di YouTube e al cubo di Rubik. Gli amici li frequentava in rete, era allenato a farlo, lo ha imparato quando vivevamo all'estero, gli amici veri ti aspettano anche per anni. Aveva la certezza che quando la quarantena sarebbe finita tutto sarebbe tornato come prima, ma è stato il primo di voi ad annunciare: «Voglio tornare a scuola». Tu Emma non ti sei mai lamentata. A dire il vero, non ti lamenti mai. Tu sei quella che brontola se ti faccio camminare più di duecento metri, se ti propongo la penna blu quando invece vuoi usare la rossa, se vuoi mettere la T-shirt estiva a maniche corte e io ti ricordo che è inverno e che fa freddo, se ti chiedo di sparecchiare e hai già apparecchiato, potresti passarci mezza giornata a negoziare su queste piccole cose, ma se c'è da fare l'esame del sangue, una visita medica, una sala d'attesa in ospedale di quattro ore, se c'è da cambiare paese e adattarsi a una nuova città, una nuova lingua, una nuova scuola, se c'è da rimanere chiusi in casa senza scuola, senza amici, senza associazione, senza teatro, tu non dici una parola. Sei flessibile con le cose grandi, irremovibile con le cose piccole.

Il lockdown ti ha concesso ritmi rallentati e la famiglia riunita ventiquattro ore su ventiquattro. Per te è stato un grande regalo, ma allo stesso tempo ti ha tolto stimoli e relazioni. Non ero tanto preoccupata per le nozioni e le competenze che avresti perso non andando a scuola, ma ero preoccupata per le relazioni sociali e le autonomie che stavi pian piano acquisendo, e che questo tempo sospeso avrebbe messo in discussione. Per te la scuola è una palestra e, si sa, quando i muscoli non si allenano per un po' bisogna ricominciare da capo.

Il tuo compleanno è arrivato puntuale anche l'anno del lockdown, e non poteva passare inosservato, probabilmente da qualche parte in città c'erano pure le azalee in fiore, anche se quell'anno non le abbiamo viste. Quelle piante fanno pensare alla festa della mamma… Chi non ha regalato un'azalea alla propria mamma la seconda domenica di maggio? Ma a me fanno pensare a te! Era la festa della mamma anche il giorno in cui sei nata e quando hai deciso che era il momento e hai bussato, Giulia, la nonna e io stavamo chiacchierando circondate dalle azalee rosa intenso del nostro terrazzo in piena fioritura.

Ho finito di addobbare la casa alle due di notte, avevo comprato palloncini, elio e decorazioni online, gli amici avevano ricevuto l'invito, era tutto pronto, l'appuntamento era per le quattro del pomeriggio, non a casa nostra, ma su Zoom. Nemmeno quell'anno ci hanno deluso, la sala si è riempita di voci e risate, anche quelli più lontani e che non riuscivano quasi mai a esserci di persona quel giorno si sono collegati per un saluto. Abbiamo chiacchierato, cantato, brindato, soffiato le candeline e mangiato la torta fatta in casa, c'era tutto quello che doveva esserci, ma soprattutto c'era l'amore, un ingrediente che non è mai mancato nella tua vita, non solo da parte della nostra famiglia, ma della grande famiglia allargata che in questi anni ha condiviso questo viaggio con noi. Eri felice ed emozionata come a ogni compleanno, grata di tutto quell'amore e di quella presenza.

18
La strada di casa

È la foto più brutta di te quella che ho davanti agli occhi. È una foto rubata. Ero nascosta dietro un'auto cercando di non farmi vedere quando l'ho scattata. Tu, maglietta bianca con la scritta 'Woman of the future' *e leggings neri, giacca di jeans e zaino più grande di te, cammini a passo spedito. Mi sembra di vedere persino un saltello, sarà gioia! Sei all'angolo di casa, davanti al panificio in cui ti piace fermarti a salutare e dare il buongiorno a tutti. Ho immortalato il momento con gli occhi umidi e addio messa a fuoco! Ma volevo condividere con papà questo momento: 'Guardala la nostra piccola donna, è tornata a casa da scuola da sola!' diceva il mio messaggio WhatsApp.*

Andavi in prima superiore e la tua scuola non era più nel nostro quartiere, per raggiungerla dovevi prendere i mezzi pubblici e fare un pezzo di strada a piedi. Dall'inizio della scuola ci eravamo esercitati, papà e io, a turno prendevamo con te l'autobus al mattino per andare a scuola e rientravamo insieme all'uscita, studiando il quartiere, valutando potenziali intoppi e imprevisti. Piano piano hai imparato a non distrarti con il cellulare e a non addormentarti sul bus. Hai preso confidenza con il percorso e imparato a riconoscere la fermata dove scendere.

Da settimane ci chiedevi di darti fiducia e di lasciarti andare da sola, come i tuoi compagni, come tutti i ragazzi della tua età. «Posso farcela, ho un metodo!» assicuravi. Mi hai anche ricordato la scena del film *Mio fratello rincorre i dinosauri* in cui Gio, il protagonista, torna a casa da scuola da solo, e mi ripetevi che anche tu ce l'avresti fatta. Non avevo dubbi, in verità, Emma, ero io che non ce la facevo, ero io terrorizzata a lasciarti andare, mentre tu eri più che pronta.

Poi il giorno è arrivato. Il comitato di famiglia, con i fratelli dalla tua parte, ha deliberato e acconsentito che potessi tornare da sola. Ti ho monitorata con l'app per tutto il percorso e ho trattenuto il respiro per i trenta lunghissimi minuti del tragitto. Ora posso confessartelo, non ho resistito e mi sono appollaiata vicino alla fermata per vederti arrivare, sapevo che ce l'avresti fatta, ma volevo godermi la scena. Ed è stato uno spettacolo grandioso: ti ho vista saltellare di gioia, attraversare con sicurezza e prendere orgogliosa la via di casa.

Non ti ho detto che ero lì, perché temevo pensassi che non mi fidavo di te. Ho aspettato qualche minuto per non apparire ansiosa, poi ti ho scritto un messaggio per chiederti se era andato tutto bene e tu mi hai risposto prendendomi in giro:

‘Mi sono persa, sono al Duomo, ma ho deciso di fare shopping!’

‘Ti vedo dall’app che sei al sicuro, amore mio, sono fiera di te’.

Ci sono state tante andate-a-scuola e ritorni-a-casa da sola dopo quel giorno, ma c’è stato anche un lungo stop durante il lockdown, la DAD e i due anni più difficili che abbiamo vissuto a causa della pandemia. Ti avevamo insegnato la strada, l’avevi più volte fatta in autonomia, ti seguivo con l’app, avevi sbagliato strada qualche volta, ti ero venuta a prendere, l’avevamo ritrovata insieme. Ma il lockdown ha messo tutto in discussione. Per una ragazza come te, rimanere chiusa in casa senza relazioni, senza stimoli esterni e senza allenare le proprie autonomie ha avuto una conseguenza ineluttabile: passi indietro enormi. Tu non eri più andata a scuola da sola, io non avevo più avuto il coraggio di lasciarti andare.

Poi un giorno io avevo una call e papà non c’era, avrei potuto chiedere aiuto a qualcuno, ma ti ho guardato serena e ti ho detto: «Vuoi tornare da sola?»

Tu mi hai guardata incredula e mi hai detto: «Tu mi dai fiducia?»

Eri incredula e quell’incredulità mi ha trafitto il cuore, ma non era il momento di rimuginare su tutte le volte che non te l’avevo data, era il momento di dire: «Sì certo, Emma, mi fido di te!»

*

Quell'autobus lo hai preso da sola e non hai sbagliato strada, sei arrivata a casa senza problemi, libera e felice. Io quel giorno per la prima volta non ho guardato l'app di tracciamento, non ti ho chiamato e non ho verificato dove fossi. Ero concentrata sul mio lavoro e 'ho dimenticato' di farlo, e in quella dimenticanza c'era tutta la mia fiducia. O forse ero semplicemente libera anche io, libera dalle mie paure, libera dalla mia ansia di controllo, libera di dimenticarmi per un'ora di te.

Eravamo pronte e libere tutte e due.

19
L'amore ha bisogno di spazio

Uno stralcio del Duomo di Milano sulla destra e il portico della Rinascente sulla sinistra, in mezzo tu e Alessandro ritratti di spalle. Jeans, sneakers e piumino azzurro lui, joggers e piumino neri tu, gli inseparabili Ugg verde militare ai piedi che hai comprato da sola nel nostro ultimo viaggio a New York. Attraversate una folla natalizia pronta per lo shopping del sabato pomeriggio. Il tuo braccio gli avvolge il collo, quello di lui ti accoglie per metà e poi si aggrappa al tuo, non troppo comodi, i piumini complicano anche gli abbracci. Un'altra foto rubata, lo confesso, scattata da lontano mentre andavate al cinema da soli per la prima volta.

Sono quel tipo di mamma, combattuta tra la cura e la fiducia, tra la protezione e il desiderio di lasciarti libera. Ci combatto da diciotto anni, senza alcuna speranza di riuscire nell'impresa titanica.

Quando nasce un figlio non ti forniscono un libretto di istruzioni, anche se tutti hanno un consiglio da darti e pensano di sapere come si fa meglio di te. Quando nasce un figlio con disabilità invece sei solo, nel migliore degli scenari in due, e ci provi, vai a tentativi, sbagli e aggiusti il tiro e intanto tuo figlio o tua figlia cresce. Mano a mano che cresce ti chiede sempre più spazio e per quanto tu creda di darglielo, non è mai abbastanza. Tu mi chiedi continuamente spazio, spazio per crescere, spazio per scegliere, spazio per diventare adulta. L'amore ha bisogno di spazio, ma io mi sento un funambolo, un'acrobata che cammina su una corda sopra il vuoto, che fa un passetto alla volta e a ogni passo cerca un nuovo equilibrio. L'amore mi frena, la paura mi immobilizza, la fiducia mi sospinge.

Avevamo discusso tutta la mattina. Nulla di diverso da quello che si farebbe con un'altra figlia o figlio adolescente. Volevi andare al cinema con il tuo fidanzato, così lo chiami ultimamente, e volevi andarci da sola. Vi sareste trovati in Duomo e sareste andati insieme. Nulla di male, nulla che qualsiasi ragazza della tua età non avrebbe preteso.

Alla tua richiesta e insistenza si era aggiunta quella di Alessandro, che in una chiamata in viva voce avevo sentito lamentarsi di tua madre troppo protettiva. «Siamo grandi, siamo autonomi, deve capirlo!»

Che impertinente, ma mi sono subito resa conto che mi irritava nella misura in cui stava affermando una grande verità. Ti ho chiesto di chiudere la chiamata e di confrontarti con me, e poi lo avremmo richiamato.

«Il problema non è che tu e Alessandro andiate al cinema insieme, si tratta di pianificare bene e soprattutto capire come arrivarci. Troviamo insieme una soluzione, altrimenti non se ne fa nulla!» Ero stata lapidaria.

'Autonomia' è diventata la vostra bandiera da quando avete conquistato delle competenze e fate tante cose da soli, ma a volte la sventolate con presunzione. Ho cercato di spiegarti che essere autonomi significa anche capire i propri limiti e comprendere cosa si può fare da soli, su cosa si ha ancora bisogno di supporto e cosa invece non si riesce ancora a fare. Io sono certa che tu arriverai a fare tutto quello che vuoi, ma so che c'è un percorso e, per quanto il tuo slancio sia per me motivo di grande orgoglio, allo stesso tempo penso che sia fondamentale definire dei perimetri.

Prima di tutto c'era da decidere il cinema, scegliere il film e l'orario. Poi avremmo capito come raggiungerlo. Alessandro voleva venire a prenderti a casa nostra e poi sareste andati in Duomo da soli, ma nessuno dei due aveva mai provato prima il tragitto. Quindi il mio era un 'no' su tutta la linea. La controproposta mia e della mamma di Alessandro era accompagnarvi noi in Duomo e da lì potevate proseguire da soli. Ho cercato di farti capire che la metro gialla che avresti preso tu e quella rossa che avrebbe preso Alessandro avevano due uscite differenti e che aspettarsi ai tornelli non sarebbe stato un buon piano. Inoltre il periodo natalizio non aiutava. Trovarsi in piazza del Duomo a metà dicembre è un'impresa per chiunque, inoltre né te né Alessandro avevate in mente un punto di riferimento chiaro in zona dove darvi appuntamento. Il consiglio di noi mamme era di lasciarvi accompagnare fino in centro, studiare il percorso della metropolitana e fissare un punto di incontro che avrebbe potuto diventare il vostro ritrovo per le future scorribande in centro. Il Camparino all'ingresso della Galleria Vittorio Emanuele ci pareva il posto perfetto, ce lo immaginavamo come un luogo dove ritrovarsi per l'aperitivo quando sarete più grandi. Non eravate troppo convinti, ma vi abbiamo annunciato con fermezza che l'alternativa era rimandare il cinema a data da destinarsi. Il buon senso, o forse la voglia di vedervi comunque, ha avuto la meglio e avete ceduto al compromesso.

Alle due e mezza ci siamo trovati davanti allo storico bar milanese, in largo anticipo rispetto a un film che sarebbe iniziato alle tre e mezza.

Lo sai perché quell'anticipo, Emma? Io e la mamma di Alessandro sapevamo benissimo che vi ci sarebbe voluto del tempo per trovare il cinema, per perdervi e per ritrovarvi.

Al momento di salutarvi vi abbiamo chiesto se sapevate dove fosse il cinema, tu hai risposto di sì spavalda perché me lo avevi chiesto cinque minuti prima che arrivassero e io ti avevo dato indicazioni sommarie. Vi abbiamo chiesto un ultimo compromesso per questa 'prima volta', vi avremmo seguiti a distanza fintanto che avreste raggiunto il cinema, senza intervenire per nessuna ragione, a meno che voi non ce l'aveste chiesto. Così è stato. Vi siete abbracciati prima e presi per mano poi e siete partiti tra la folla natalizia, felici e spensierati. Noi per un po' abbiamo avuto il groppo in gola per la commozione, poi abbiamo ripiegato sull'autoironia: «Guarda te, cosa ci tocca fare!»

Per fortuna Alessandro aveva il piumino azzurro e tra la folla spiccava con chiarezza, perché seguirvi non è stato facilissimo. Voi acceleravate per seminarci, la folla faceva il resto. Avete sbagliato strada al primo incrocio, per colpa mia a dire il vero, perché ti avevo detto di girare a sinistra alla prima strada, invece dovevo dire la seconda, e tu hai seguito le indicazioni alla lettera. Da lì siete andati a intuito e avete girato a vuoto per circa venti minuti, dalle retrovie io e mamma Loredana abbiamo fatto il tifo per voi senza intervenire, non senza commenti però. «Ma perché non chiedono informazioni? Perché non guardano su Google Maps?» Il punto è che voi volevate farcela da soli. E alla fine ce l'avete fatta eccome!

Vi abbiamo visto nascondervi dietro un pilastro per non farvi vedere da noi e tirare fuori il telefono e affidarvi alla tecnologia. Vi abbiamo visto seguire le indicazioni e dibattere a ogni bivio per scegliere la strada giusta fino alla meta. Che gioia! Sarei entrata anche io al cinema solo per darvi un cinque e complimentarmi con voi, ma so che non avreste apprezzato. Sono rimasta ai patti e me ne sono andata lasciandovi alla vostra esperienza da soli, sarei venuta a riprendervi a fine film per tornare insieme e imparare la strada del ritorno per la volta successiva.

La vostra gioia all'uscita era immensa, ma sono certa che fosse più per la conquista del giorno che per il cinema in sé. Lungo la strada del ritorno infatti non mi avete raccontato nulla del film, non ne ricordo nemmeno il titolo, ma avete raccontato a lungo dei popcorn, delle patatine, della Coca-Cola gigante e degli imprevisti del percorso e di come li avete risolti con competenza. A casa mi hai anche raccontato della mano affettuosa di Alessandro sulla spalla, sei diventata rossa come le ragazze innamorate, come è giusto che sia, e su questo non aggiungo altro, sono i tuoi ricordi, non i miei.

«Hai visto che ce l'abbiamo fatta?»

«Certo che ce l'avete fatta, non avevo alcun dubbio!»

Alessandro era compiaciuto, tu hai abbassato la testa, il mento al collo e gli occhi che guardavano verso l'alto, e mi hai guardato come a dire: 'Sarà vero che non avevi dubbi… mah, io non ci credo!'

Quello sguardo oggi è l'espressione di Mercoledì Addams, ma tu lo fai sempre e da sempre, lo sguardo inquisitore, che scava nei pensieri, che verifica se quello che ti è stato detto è vero oppure no, se ti stiamo compiacendo o lo pensiamo veramente. Lo pensavo veramente, Emma, credo sul serio nelle vostre capacità, solo vorrei risparmiarvi rischi e pericoli, delusioni e frustrazioni, e così preferisco che vi alleniate prima e che vi avventuriate poi verso nuovi pezzi di autonomia.

Non è facile per noi genitori, ora che sei una ragazza, capire quale sia il limite che dobbiamo darti, non è facile stabilire i confini delle opportunità, delle esperienze, delle occasioni. Capire quando lasciarti sperimentare e quando sia il caso di preservarti, capire quando stiamo facendo al posto tuo e quando stiamo facendo con te, capire quando ti stiamo impedendo di crescere e quando invece ti stiamo dando gli strumenti per farlo. Questa è davvero la parte più difficile, perché senza lo spazio per sperimentare non potrai imparare nulla, allo stesso tempo il mio istinto di sopravvivenza mi spinge a preservarti da qualunque rischio. A forza di preservarvi però, il rischio è di non farvi crescere, di questo passo non diventerete mai adulti.

Quello che ho imparato in questi anni è che quel confine va messo in discussione continuamente, che la mia fiducia va testata continuamente, che le tue ambizioni vanno assecondate con buon senso. Quello che ho capito è che c'è una donna in quel bozzolo di adolescente che vuole prendere il volo ed essere libera di fare, di scegliere, di sbagliare. Forse non c'è un vero equilibrio da conquistare una volta per tutte, forse il segreto sta nell'arte circense dei funamboli: nello stare sospesi in quello spazio tra incertezza e fiducia, tra rischio e consapevolezza, tra paura e coraggio.

20
Unisci i puntini

La foto per la lettera numero diciotto la devo immaginare. Non può essere che una foto di oggi: di te che scarti il regalo, di te che leggi una di queste lettere, di te che soffi le candeline o che bevi delle bollicine allo scoccare della mezzanotte. C'è invece una chiavetta USB che contiene 805 scatti di te in questi diciotto anni, 8 come il giorno in cui sei nata, 05 come il mese di maggio. Le ho scelte con cura per te, tra le migliaia di foto dei nostri archivi fotografici, perché tu possa ripercorrere la prima parte della tua vita ogni volta che lo vorrai.

Il giorno in cui sei nata è come se mi avessero messo davanti uno di quei giochi 'unisci i puntini'. Quando ne hai uno davanti, di quelli facili con pochi numeri, ti fai già un'idea dell'immagine che uscirà alla fine, intuisci la sagoma e tiri quelle righe con leggerezza. Quel giorno invece il gioco aveva qualche migliaio di numeri e io ero spiazzata e impaurita. Davanti a quella moltitudine di puntini ero talmente confusa e impreparata che non solo non riuscivo a intravedere il disegno finale, ma non trovavo nemmeno il punto numero uno da cui cominciare.

Oggi posso dire che in questi diciotto anni i puntini li hai uniti tu, giorno dopo giorno, rivelando un'immagine di te tanto inaspettata quanto meravigliosa. Chi lo avrebbe mai detto, quel giorno, che saresti diventata la donna che sei oggi? Chi lo avrebbe detto che avresti colto ogni sfida con coraggio? Che saresti diventata una adolescente che prende i mezzi da sola? Una ragazza organizzata che non dimentica mai un appuntamento, un impegno, un libro o un materiale per la scuola? Che saresti stata una ragazzina ribelle che manda la stessa foto nella chat di famiglia tutti i giorni per dire che è arrivata a scuola e togliersi di torno una mamma apprensiva? Chi lo avrebbe mai detto che mamma perfettina un giorno si sarebbe dimenticata di farti la giustifica e mi saresti venuta tu, in soccorso, a ricordarmelo? Chi lo avrebbe mai detto che avresti dato un cinque al Papa? Chi lo avrebbe mai detto che avresti frequentato scuole di altri paesi e compreso lingue straniere?

Non lo avrei detto, Emma, invece oggi compi diciotto anni e sei una donna meravigliosa, consapevole delle tue difficoltà, ma pronta ad affrontarle giorno per giorno, una giovane donna dal carattere esplosivo, egocentrica, ma sempre attenta a come si sentono gli altri, sempre pronta ad accorgerti di una piega sulla fronte o di un sorriso forzato, ironica e divertente, determinata e coraggiosa.

Non ti dirò che da qui in avanti sarà tutto facile, non lo sarà affatto. Non ti dirò che otterrai tutto quello che vorrai con la tua attitudine, perché ti mentirei. La filosofia del 'se vuoi puoi' mi ha sempre disturbato. C'è una grande bugia dietro a questa visione della vita e ce la insegnano fin da piccoli: 'Se fai il bravo, le cose andranno bene!' La vita poi ci dimostra che quello che ci capita non dipende da quanto siamo stati bravi, buoni e giusti. Anche nella parte di vita in cui siamo protagonisti, nello studio, nel lavoro, nello sport, c'è sempre un ingrediente su cui non abbiamo potere. Chiamiamolo 'fattore C', 'buona sorte' o 'incontro giusto al momento giusto', ma conta. Anche nelle più straordinarie storie di sport che vengono utilizzate per alimentare la filosofia del 'se vuoi puoi', c'è spesso un incontro che ha segnato un momento di svolta, un coach illuminato, un contesto favorevole, persino un infortunio o un fallimento che diventa la rampa di lancio di un futuro successo.

Da quando sei nata mi sono nutrita di storie di persone con sindrome di Down che hanno trovato il loro posto nel mondo e credo profondamente nel potere delle storie di generare cultura, ma penso sia un po' sbrigativo attribuire tutti i meriti alla filosofia del «se vuoi puoi». Lo trovo ingiusto verso chi non ha avuto la stessa 'quota fortuna' o le stesse opportunità.

Il mio disagio cresce quando se ne parla in merito alla salute, dove volontà e determinazione non c'entrano nulla. La malattia non si vince con la volontà, né con l'atteggiamento positivo. Ho visto adulti, ragazzi e bambini lottare con coraggio, che hanno voluto con tutte le loro forze vivere, ma non è bastato. La narrazione dei guerrieri, dei supereroi, del volere è potere è una grande menzogna, se la vita vuole ti dà un'occasione, se vuole se la prende. Senza troppa filosofia.

Ci sono tante persone con disabilità che non vincono una medaglia, non prendono il diploma, non hanno un lavoro e vorrei sapessero che la loro vita non ha meno valore, che non è colpa di 'averlo voluto poco' e che il valore di una vita non si misura in medaglie e successi. Tu stessa, Emma, non sei diventata una sportiva e non sei salita su alcun podio, non prenderai il diploma alla fine della scuola superiore, ma l'attestato, e probabilmente non diventerai una rockstar che riempie gli stadi come ti piacerebbe, ma quello che è certo è che sarai la versione migliore di te stessa, che lotterai per i tuoi sogni, e che la tua sarà una vita piena e consapevole. Che cosa può volere di più una mamma per i suoi figli?

Ci sono ancora tanti punti da unire per completare il disegno della tua vita, non c'è dubbio, ma la penna ora è in mano tua e io non ho più paura.

21
L'oro di Emma

Un giorno mentre rientravo dalla corsa mattutina ho incontrato una mamma con il suo bambino. Stavano entrando in un portone. Mi sono immaginata che lì dentro ci fosse un centro estivo o un centro di riabilitazione. Il bambino si è inchiodato sul portone e ha cominciato a parlarmi, io stavo ascoltando un podcast e avevo le cuffie nelle orecchie e non l'ho sentito, ma l'ho visto.

Era un bambino particolare, non so quale conto aperto avesse con la vita, ma lo aveva. Jeans, maglietta rossa e zainetto blu. Era bello, la pelle liscia e abbronzata, un sorriso generoso, occhi curiosi che cercavano qualcosa. Ho tolto in fretta le cuffie e gli ho detto: «Buongiorno, scusa, non ti ho sentito!»

«Dove vai?» mi ha chiesto.

«A casa. Sono andata a correre e ora sto tornando a casa».

Non ho fatto in tempo a chiedergli 'E tu?' che la mamma l'ha tirato dentro il portone. Lui voleva parlare con me e lei tirava.

Avrei voluto parlare con lui. Davvero.

Avrei anche voluto dire a quella mamma: 'Va tutto bene, va tutto bene. So cosa stai pensando. So come ti senti. Mi fa piacere parlare con tuo figlio. Davvero'.

Non c'è stato modo, sono stati inghiottiti dall'imbarazzo e dal disagio in un attimo.

Ho ripreso i miei passi e appena girato l'angolo ho pianto le lacrime che avevo trattenuto lungo i chilometri di corsa del giorno. Quelle che accumulo nei pensieri ossessivi che mi tolgono il sonno e quelle che trovano posto solo nei miei passi.

Non sei la protagonista di questo ultimo ricordo che inserisco nella time capsule, ma avresti potuto, Emma. Quante volte ci è successo. Quante volte mi sono sentita ingombrante e allo stesso tempo invisibile, quante volte ti ho tirato perché pensavo che chi avevamo di fronte non avrebbe capito, non si sarebbe preso il tempo e lo spazio per ascoltarti, per conoscerti. Nessuna mamma dovrebbe sentirsi così, nessuna mamma dovrebbe aver fretta di infilarsi in un portone invece che lasciare che il mondo incontri il suo bambino o la sua bambina.

Questo libro è per quelle mamme e quei papà, questo libro è per tutti quelli che preferirebbero sparire invece che incontrare il mondo, per tutti quelli che tirano dritti davanti a un bambino particolare, per tutti quelli che parlano con la mamma o il papà invece che guardarlo negli occhi e aspettare il tempo delle sue parole, per tutti quelli che come te, Emma, hanno qualcosa da dire e che hanno solo bisogno di non essere tirati, trattenuti, nascosti.

In Giappone c'è un'antica tecnica di restauro molto nota che si chiama *kintsugi.* Quando si rompe un oggetto in ceramica viene ricomposto e le crepe vengono riempite di polvere d'oro. Ne esce un capolavoro, che è diverso dall'originale, ma è un'opera d'arte forse anche più bella. Quando sei nata è andata in pezzi l'immagine di te che avevo coltivato nei nove mesi di gravidanza. Ho avuto paura, mi sono sentita persa, ti ho guardato scalare montagne con il nodo in gola, ho dubitato di te, mi sono arrabbiata con il mondo intero, in questi diciotto anni però tu hai raccolto i pezzi uno per uno e li hai ricomposti, hai riempito d'oro le crepe e hai messo insieme il tuo capolavoro. Oggi non mi sento più così, non ti tiro più dentro i portoni. Ho davanti una figlia che non ha nulla a che vedere con l'immagine che mi ero fatta di lei, un'opera d'arte che contemplo e di cui sono fiera: una donna consapevole, ironica e determinata, pronta ad affrontare il mondo e prendersi la vita.

Ringraziamenti

Grazie a Emma per aver sfidato ogni mia certezza e avermi guidato in ogni mio dubbio.

Grazie per aver riletto con me ogni riga di questo libro e per aver condiviso la decisione di pubblicarlo.

Grazie a Giulia per la determinazione con cui si è tenuta stretto il suo posto in prima fila.

Grazie a Cesare per essere sempre gentile, ma mai accondiscendente.

Grazie a Paolo per aver insegnato a Emma il senso dell'umorismo e la leggerezza del qui e ora.

Grazie a chi ci ha camminato accanto in questi diciotto anni. Agli amici, le amiche e i familiari sempre pronti a celebrare gioie e conquiste con noi, ma anche a farsi rete per attutire il colpo quando ci capitava di cadere.

Grazie agli insegnanti e le insegnanti che in questi anni hanno creduto in Emma e sono andati oltre le basse aspettative e gli stereotipi trovando le strategie giuste affinché apprendesse le loro materie e partecipasse a tutte le attività scolastiche ed extra-scolastiche.

Grazie ai compagni che le sono stati amici, in particolare ai pochi che sono rimasti.

Grazie a tutti i professionisti dell'associazione AGPD

che in questi anni hanno seguito Emma e hanno sostenuto il suo percorso di autonomia e consapevolezza.

Grazie a Luca&Luca per aver rivoluzionato il modo di vedere le persone con sindrome di Down con il loro talento e per il dono della loro amicizia.

Grazie alle sorelle di Pianeta Down per gli anni di militanza condivisa e per averla sempre alleggerita con risate e spensieratezza. Grazie a tutti i papà che erano lì a ricordarci che esserci non è una questione di genere.

Grazie a CoorDown per il cammino fatto insieme e l'insostituibile lavoro per difendere i diritti delle persone con sindrome di Down.

Grazie a Marta, Ilaria, Irene e Cristina, giovani donne con sindrome di Down che in questi anni sono state un costante punto di riferimento, per la loro amicizia e il loro sguardo sul mondo.

Grazie a Mari per aver seguito con affetto in questi anni la nostra vita e averla scelta quando è diventata una storia. Grazie a Stefano per essersi preso cura delle mie parole come nessuno aveva fatto mai. Grazie a Riccardo per tutto quello che farà per consegnarle al mondo.

Grazie a Nicola Magrin per aver raccontato in pochi tratti la determinazione dell'andare e la malinconia del restare.

Grazie a Camilla, Carlo, Chiara, Francesca, Giulia, Lidia, Massimiliano, Paolo, Rita, Roberta, Stefania per aver letto queste pagine mentre le scrivevo, per il costante sostegno e per i preziosi consigli, senza di voi oggi non sarebbero libro.

Infine grazie a chi leggerà questa storia e si sentirà chiamato a fare la sua parte per rendere questo mondo a misura di tutti e tutte.

Indice

SALANI
LE STANZE

Gianluca Antoni
Io non ti lascio solo

Enrico Pandiani
Lontano da casa

Viola Ardone
La ricetta del cuore in subbuglio

Imamura Natsuko
La donna dalla gonna viola

Anna Bardazzi
La felicità non va interrotta

Pino Imperatore
Tutti matti per gli Esposito

Corinna De Cesare
Ciao per sempre

François Morlupi
Come delfini tra pescecani

Silvia Montemurro
L'orchestra rubata di Hitler

Rosa Mogliasso
L'irresistibile simmetria della vendetta

Marco Steiner
Nella musica del vento

Pascal Engman
Femminicidio

Vittorio Macioce
Dice Angelica

SALANI
LE STANZE

Sandro Marenco
Dillo al Prof

Davide Mosca
Amare una volta

Guzel' Jachina
Figli del Volga

Giovanni Ferrero
Blu di Prussia e rosso porpora

Carola Carulli
Tutto il bene, tutto il male

Luca Trapanese
Le nostre imperfezioni

Valeria Gargiullo
Mai stati innocenti

François Morlupi
Nel nero degli abissi

Paolo Calabresi
Tutti gli uomini che non sono

Romano De Marco
La casa sul promontorio

Fabio Salamida
L'ultimo tram

Pablo Maurette
Il tempo è un fiume

Maria Beatrice Alonzi
Noi, parola di tre lettere

SALANI
LE STANZE

Valeria Tron
L'equilibrio delle lucciole

Nicolò Zuliani
Il colore della tempesta

Kristina Ohlsson
Rischio tempesta

Igor De Amicis
'O regno

Nella Frezza
Bugie di famiglia

Giancarlo Piacci
I santi d'argento

Vicente Vallés
Operazione Kazan

Natàlia Romaní
Il tempo della nostalgia

Mattia Villardita
Io e Spider-Man

Camilla Ghiotto
Tempesta

Sophie Haydock
Le fiamme

François Morlupi
Formule mortali

Malin Persson Giolito
Non lasciarmi cadere

SALANI
LE STANZE

Rosangela Percoco
A parte questo tutto bene

Eleanor Ray
Il bello di ogni cosa

Lia Celi
Carolina dei delitti

Stefania Crepaldi
Morire ti fa bella

Defne Suman
Il silenzio di Shahrazad

Florencia Etcheves
La cuoca segreta di Frida

Matteo Lena
L'ossessione del ragno

Luca Trapanese
Non chiedermi chi sono

Carmen Mola
La sposa gitana

Questo libro è stampato col sole

GRAFICA VENETA

Azienda carbon-free

PEFC

PEFC/18-31-226

Certificato PEFC
Questo prodotto è realizzato con materia prima da foreste gestite in maniera sostenibile e da fonti controllate

www.pefc.it

Fotocomposizione: Alessio Scordamaglia

Finito di stampare
nel mese di gennaio 2024
per conto di Adriano Salani Editore s.u.r.l.
da Grafica Veneta S.p.A. di Trebaseleghe (PD)
Printed in Italy